Viagem à roda
do meu quarto
seguido de
Expedição noturna
à roda do meu quarto

Xavier de Maistre

Viagem à roda
do meu quarto
seguido de
Expedição noturna
à roda do meu quarto

Tradução
Marques Rebelo

Posfácio
Valentim Facioli

2ª edição

Estação Liberdade

Título original: *Voyage autour de ma chambre / Expedition nocturne autour de ma chambre*
© 2008 Editora Estação Liberdade, para esta tradução

Revisão de tradução	Osmar Portugal Filho
Revisão	José Antonino de Andrade, Paulo Cesar Pereira de Melo, Fabiano Calixto e Thaisa Burani
Composição	Johannes C. Bergmann / Estação Liberdade
Ilustração e projeto gráfico de capa	Natanael Longo de Oliveira
Editores	Angel Bojadsen e Edilberto Verza

CIP-BRASIL. CATALOGAÇÃO-NA-FONTE
Sindicato Nacional dos Editores de Livros, RJ.

M193v
    Maistre, Xavier de, 1763-1852
    Viagem à roda do meu quarto e Expedição noturna à roda do meu quarto / Xavier de Maistre ; [posfácio de Valentim Facioli] ; tradução de Marques Rebelo. – São Paulo: Estação Liberdade, 2008.
    168p.

    Tradução de: Voyage autour de ma chambre ; Expedition nocturne autour de ma chambre
    ISBN 978-85-7448-146-3

    1. Romance francês. I. Rebelo, Marques, 1907-1973. I. Título. II. Título: Expedição noturna à roda do meu quarto.

08-2810.   CDD 843
                                                            CDU 821.133.1-3

Nenhuma parte da obra pode ser reproduzida, adaptada, multiplicada ou divulgada de nenhuma forma (em particular por meios de reprografia ou processos digitais) sem autorização expressa da editora, e em virtude da legislação em vigor.

Esta publicação segue as normas do Acordo Ortográfico da Língua Portuguesa, Decreto nº 6.583, de 29 de setembro de 2008.

Editora Estação Liberdade Ltda.
Rua Dona Elisa, 116 | Barra Funda
01155-030 São Paulo – SP | Tel.: (11) 3660 3180
www.estacaoliberdade.com.br

SUMÁRIO

9 VIAGEM À RODA DO MEU QUARTO

85 EXPEDIÇÃO NOTURNA À RODA DO MEU QUARTO

153 Posfácio
  O romance da contraviagem
   Valentim Facioli

Viagem à roda do meu quarto

I

Como é glorioso abrir uma nova carreira e aparecer de repente no mundo sábio, um livro de descobertas na mão, como um cometa inesperado que cintila no espaço!

Não, não conservarei mais o meu livro *in petto;* aqui o tendes, senhores, lede. Eu empreendi e executei uma viagem de quarenta e dois dias à roda do meu quarto. As observações interessantes que fiz e o prazer contínuo que experimentei ao longo do caminho davam-me o desejo de torná-la pública; a certeza de ser útil me convenceu a fazê-lo. Meu coração sente uma satisfação inexprimível quando penso no número infinito de infelizes a quem ofereço um recurso certo contra o tédio e um calmante para os males de que sofrem. O prazer que se sente ao viajar em seu quarto está ao abrigo do ciúme inquieto dos homens; é independente da fortuna.

E haverá, com efeito, algum ente tão infeliz, tão abandonado que não tenha um reduto para onde possa retirar-se e esconder-se de todo mundo? Eis todos os preparativos da viagem.

Estou certo de que todo homem sensato há de adotar o meu sistema, qualquer que seja o seu caráter, qualquer que seja o seu temperamento; quer seja avarento ou pródigo, rico ou pobre, jovem ou velho, nascido sob a zona tórrida ou nas proximidades do polo, poderá viajar como eu; enfim, dentro da imensa família dos homens que formigam na superfície da terra, não há um único — não, um único (refiro-me aos que moram nos quartos) que possa, depois de ter lido este livro, recusar a sua aprovação à nova maneira de viajar que introduzo no mundo.

II

Eu poderia começar o elogio de minha viagem por dizer que ela nada me custou; este artigo merece atenção. Ei-lo primeiramente celebrado, festejado pelas pessoas de medíocres posses; há uma outra classe de homens perante a qual ela tem possibilidade de êxito ainda maior, pela mesma razão de nada custar. — Perante quem, pois? O quê! Ainda o perguntais? Perante as pessoas ricas. Aliás, quão proveitosa não será esta maneira de viajar para os doentes! Não terão de recear a intempérie do ar e das estações. — Quanto aos poltrões, eles estarão protegidos dos salteadores; não encontrarão precipícios nem ribanceiras. Milhares de pessoas que antes de mim nunca tinham ousado, outras que não tinham podido, outras finalmente que não tinham sonhado viajar, vão agora decidir-se com meu exemplo. O indivíduo mais indolente hesitará, porventura, em pôr-se a caminho comigo para alcançar um prazer que não lhe custará nem incômodo nem dinheiro? — Coragem, pois; partamos. — Sigam-me todos a quem uma mortificação do amor, uma negligência da amizade, retém no seu quarto, longe da pequenez e da perfídia dos homens. Que todos os infelizes, doentes e entediados do universo me sigam! — Que todos os preguiçosos levantem-se em *massa*! E vós todos que acalentais no espírito sinistros projetos de reforma ou de retirada por qualquer infidelidade; vós que, numa alcova, renunciais ao mundo por toda a vida; amáveis anacoretas de uma noite, vinde também: abandonai, crede-me, essas negras ideias; estais perdendo um instante para o prazer sem ganhar nenhum para a sabedoria: condescendei em acompanhar-me na minha viagem. Seguiremos por pequenas jornadas, rindo, ao longo do caminho, dos viajantes que viram Roma e Paris. — Nenhum obstáculo poderá deter-nos; e, entregando-nos jovialmente a nossa imaginação, segui-la-emos por toda parte onde ela se compraza em nos conduzir.

III

Há tantas pessoas curiosas no mundo! Estou convencido de que gostariam de saber por que a minha viagem à roda do meu quarto durou quarenta e dois dias em vez de quarenta e três, ou de qualquer outro espaço de tempo. Mas como hei de explicá-lo ao leitor, se eu próprio ignoro? Tudo o que posso assegurar é que, se a obra é por demais comprida para o seu gosto, não dependeu de mim torná-la mais breve;

pondo de parte toda vaidade de viajante, ter-me-ia contentado comum capítulo. Estava, é verdade, no meu quarto, com todo o prazer e toda a comodidade possíveis, mas, ai de mim!, não era senhor de sair dele à minha vontade; creio mesmo que, sem a intervenção de certas pessoas poderosas que se interessavam por mim, e para as quais o meu reconhecimento não se apagou, eu teria tempo até de dar um *in-folio* a lume, tão dispostos em meu favor estavam os protetores que me faziam viajar em meu quarto!

E, contudo, leitor razoável, vede quão pouca razão tinham esses homens, e apossai-vos bem, se puderdes, da lógica que passo a vos expor.

Haverá alguma coisa mais natural e mais justa do que bater-se com alguém que vos pisa o pé por inadvertência, ou que deixa escapar algum termo picante num momento de despeito causado por vossa imprudência, ou enfim que tenha o infortúnio de agradar a vossa amante?

Vai-se a um campo e, lá, como fazia Nicole com o Burguês Fidalgo, tenta-se dar as cartas enquanto ele se defende; e, para que a vingança seja segura e completa, é-lhe apresentado o peito a descoberto, correndo-se o risco de se fazer matar pelo inimigo para dele se vingar. — Vemos que nada é mais consequente, e, todavia, existe gente que desaprova este louvável costume! Mas o que é tão consequente como tudo mais é que essas mesmas pessoas que o desaprovam e que o querem visto como uma falta grave, tratariam ainda pior aquele que recusasse cometê-la. Mais de um infeliz, por se conformar com tal opinião, perdeu a reputação e o emprego; de forma que, quando se tem o infortúnio de ter o que se chama um *affaire*, não faria mal tirar a sorte para saber se convém terminá-lo segundo as leis ou segundo o costume, e como as leis e o costume são contraditórios, os juízes poderiam também jogar nos dados a sua sentença. — E provavelmente é também a uma decisão desse gênero que será preciso recorrer para explicar por que e como a minha viagem durou exatos quarenta e dois dias.

IV

Meu quarto está situado sob o quadragésimo quinto grau de latitude, conforme as medições do padre Beccaria; sua direção é do levante para o poente; ele forma um retângulo que mede trinta e seis passos, seguindo-se bem rente à parede. Todavia, a minha viagem há de conter mais que isso; pois atravessarei o quarto muitas vezes no comprimento e na largura, ou então diagonalmente, sem seguir regra nem método. — Farei até ziguezagues, e percorrerei todas as linhas possíveis em geometria, se a necessidade o exigir. Não gosto das pessoas que são tão donas dos seus passos e das suas ideias, que dizem: "Hoje eu farei três visitas, escreverei quatro cartas, terminarei esta obra que comecei". — A minha alma é de tal modo aberta a toda sorte de ideias, de gostos e de sentimentos; recebe tão avidamente tudo o que se apresenta!... — E por que haveria ela de recusar os gozos que estão dispersos pelo difícil caminho da vida? Eles são tão raros, tão disseminados, que seria preciso estar louco para não se deter, desviar-se mesmo do próprio caminho, para colher todos os que estiverem ao nosso alcance. Não há nenhum mais atraente, no meu entender, do que o de seguir a pista das próprias ideias, como o caçador persegue a caça sem que pareça observar qualquer rota. Por isso, quando viajo pelo meu quarto, raramente percorro uma linha reta: vou da minha mesa até um quadro colocado num canto; dali parto obliquamente para ir até a porta; mas, embora esta seja a minha intenção ao partir, se no caminho encontro a minha poltrona não faço cerimônia e acomodo-me nela imediatamente. — É um excelente móvel uma poltrona; é, sobretudo, de extrema utilidade para todo homem meditativo. Nas longas noites de inverno, é algumas vezes agradável e sempre prudente nela nos recostar-mos indolentemente, longe do fragor das assembleias numerosas. — Uma boa lareira, livros, penas; quantos recursos contra o tédio! E que prazer, também, esquecer os livros e as penas para atiçar o fogo, entregando-se a alguma doce meditação, ou compondo umas rimas para alegrar os amigos! As horas então deslizam sobre nós, e caem em silêncio na eternidade, sem nos fazer sentir a sua triste passagem.

V

Depois da minha poltrona, caminhando para o norte, descobre-se o meu leito, que está colocado ao fundo do meu quarto, e que estabelece a mais agradável perspectiva. Ele está disposto da maneira mais feliz: os primeiros raios do sol vêm se divertir em minhas cortinas. — Eu os vejo, nos belos dias de verão, avançarem ao longo da parede branca à medida que o sol vai subindo: os olmos que ficam diante da minha janela dividem-nos de mil maneiras e os fazem balançar sobre o meu leito, cor-de-rosa e branco, que espalha para todos os lados uma luz encantadora pela sua reflexão. — Ouço o gorjear confuso das andorinhas que se apoderaram do telhado da casa, e o dos outros pássaros que habitam os olmos: então, mil ideias risonhas ocupam-me o espírito; e, no universo inteiro, ninguém tem um despertar tão agradável, tão tranquilo quanto o meu.

Confesso que amo gozar esses doces instantes, e que prolongo sempre, tanto quanto possível, o prazer que encontro em meditar no doce calor do meu leito. — Haverá um teatro que empreste mais à imaginação, que desperte ideias mais ternas do que o móvel em que por vezes me ausento? — Leitor modesto, não vos assusteis; mas então eu não poderia falar da felicidade de um amante que aperta pela primeira vez em seus braços uma esposa virtuosa? Prazer inefável, que o meu mau destino me condena a não gozar jamais! Não é num leito que uma mãe, embriagada de alegria com o nascimento de um filho, esquece as suas dores? É ali que os prazeres fantásticos, frutos da imaginação e da esperança, vêm nos agitar. — Enfim, é nesse móvel delicioso que esquecemos, durante uma metade da vida, os dissabores da outra metade. Mas que multidão de pensamentos agradáveis e tristes se agitam ao mesmo tempo no meu cérebro! Mistura espantosa de situações terríveis e deliciosas!

Um leito nos vê nascer e nos vê morrer; é o teatro variável onde o gênero humano representa alternadamente dramas interessantes, farsas risíveis e tragédias apavorantes. — É um berço guarnecido de flores — é o trono do amor — é um sepulcro.

VI

Este capítulo não se destina, absolutamente, senão aos metafísicos. Ele vai lançar a máxima luz sobre a natureza do homem: é o prisma com o qual se poderá analisar e decompor as faculdades do homem, separando o poder animal dos raios puros da inteligência.

Ser-me-ia impossível explicar como e por que queimei os dedos aos primeiros passos que dei, começando minha viagem, sem explicar ao leitor, com mais detalhes, o meu sistema *da alma e da besta*. — Esta descoberta metafísica influi, aliás, de tal modo nas minhas ideias e nas minhas ações que seria muito difícil compreender este livro se eu não desse a sua chave logo no começo.

Percebi, por diversas observações, que o homem é composto de uma alma e de uma besta. — Estes dois seres são absolutamente distintos, mas de tal modo estão encaixados um no outro, ou um sobre o outro, que é preciso que a alma tenha uma certa superioridade sobre a besta para estar em condição de distinguir-se.

Aprendi com um velho professor (é o mais distante de que me lembro) que Platão chamava a matéria de *o outro*.

Está muito bem; mas eu preferiria dar este nome por excelência à besta que está junto a nossa alma. É realmente esta substância que é *a outra*, e que nos importuna de uma maneira tão estranha. Percebe-se bem pelo alto que o homem é duplo; mas isso porque, diz-se, ele é composto de uma alma e de um corpo; e acusa-se este corpo de não sei quantas coisas, mas bem mal a propósito com certeza, pois ele é tão incapaz de sentir como de pensar. É a besta que devemos incriminar, esse ente sensível, perfeitamente distinto da alma, verdadeiro *indivíduo*, que tem a sua existência separada, os seus gostos, as suas inclinações, a sua vontade, e que não está acima dos outros animais senão por ser melhor educado e provido de órgãos mais perfeitos.

Senhores e senhoras, tende orgulho da própria inteligência, tanto quanto vos agrade; mas desconfiai bastante da *outra*, sobretudo quando estiverdes juntos!

Tenho feito não sei quantas experiências sobre a união dessas duas criaturas heterogêneas. Por exemplo, reconheci claramente que a alma pode fazer-se obedecer pela besta, e que, em deplorável contrapartida, esta obriga muitas vezes a alma a agir contra a sua vontade. Em regra, uma tem o poder legislativo; a outra, o poder executivo. Mas estes dois poderes contrariam-se muitas vezes. — A grande arte de um homem de gênio é saber educar bem a sua besta, a fim de que ela possa seguir sozinha, enquanto a alma, livre desse penoso relacionamento, possa elevar-se até o céu.

Mas é preciso esclarecer isto com um exemplo.

Quando estais lendo um livro, caro senhor, e uma ideia mais agradável entra de repente em vossa imaginação, a vossa alma imediatamente se deixa agarrar e esquece o livro, enquanto os olhos vão seguindo maquinalmente as palavras e as linhas; acabais a página sem compreendê-la e sem vos lembrardes do que lestes. — Isto vem do fato de que a vossa alma, tendo ordenado à companheira que continuasse a leitura, não a advertiu da ligeira falta que ia fazer; de modo que *a outra* continuava a leitura que a vossa alma não mais ouvia.

VII

Não vos parece isso claro? Eis aqui outro exemplo:

Um dia do verão passado, pus-me a caminho para ir até a corte. Tinha passado toda a manhã pintando, e a minha alma, comprazendo-se em meditar sobre a pintura, deixou à besta o cuidado de me transportar ao palácio do rei.

"Que arte sublime é a pintura!", pensava a minha alma; feliz aquele que foi tocado pelo espetáculo da natureza, que não é obrigado a fazer quadros para viver, que não pinta unicamente por passatempo, mas que, impressionado pela majestade de uma bela fisionomia e pelos jogos admiráveis da luz que se funde em mil tons sobre o rosto humano, esforça-se por alcançar em suas obras os efeitos sublimes da natureza! Feliz também o pintor a quem o amor da paisagem arrasta aos passeios solitários, que sabe exprimir sobre a tela o sentimento de tristeza que lhe inspira um bosque sombrio ou um campo deserto! Suas produções imitam e reproduzem a natureza; ele cria mares novos e negras cavernas desconhecidas pelo sol: à sua ordem, verdes bosques saem do nada, o azul do céu reflete-se nos seus quadros; ele conhece a arte de turvar os ares e de fazer rugirem as tempestades. Outras vezes ele oferece ao olho do espectador encantado os campos deliciosos da antiga Sicília: veem-se as ninfas desvairadas fugindo, por entre os juncais, à perseguição de um sátiro; templos de majestosa arquitetura erguem sua fachada soberba por sobre a floresta sagrada que os rodeia: a imaginação se perde nas estradas silenciosas desse país ideal; azulados longínquos confundem-se com o céu, e a paisagem inteira, repetindo-se nas águas de um rio tranquilo, forma um espetáculo que nenhuma língua pode descrever. — Enquanto a minha alma tecia estas reflexões, *a outra* seguia em seu passo, e Deus sabe para onde ia! Em vez de se dirigir à corte, conforme a ordem que havia recebido, ela derivou de tal modo para a esquerda que, no momento em que minha alma a alcançou, ela estava à porta de madame de Hautcastel, a meia milha do palácio real.

Que o leitor imagine o que teria acontecido se ela tivesse entrado totalmente só em casa de uma senhora tão formosa.

VIII

Se é útil e agradável ter uma alma desembaraçada da matéria a ponto de fazê-la viajar sozinha quando se julga conveniente, esta faculdade tem também as suas desvantagens. É a ela, por exemplo, que eu devo a queimadura de que falei nos capítulos precedentes. — Dou ordinariamente à minha besta o cuidado do preparo de meu desjejum; é ela quem torra o meu pão e quem o corta em fatias. Faz maravilhosamente o café, e muitas vezes até o toma sem que a minha alma se intrometa, a menos que esta se entretenha vendo-a trabalhar; mas isso é raro e muito difícil de executar: pois é fácil, quando se faz qualquer operação mecânica, pensar em coisas muito diferentes; mas é extremamente difícil observar-se em ação, por assim dizer — ou, para me explicar segundo o meu sistema, empregar a alma em examinar a marcha da besta e em vê-la trabalhar sem nisso tomar parte. Aí está o mais espantoso *tour de force* metafísico que o homem possa executar.

Eu tinha pousado minha tenaz sobre a brasa para fazer torrar o meu pão; e, algum tempo depois, enquanto a minha alma viajava, eis que um cepo inflamado rola sobre o fogareiro: a minha pobre besta levou a mão à tenaz, e eu queimei os dedos.

IX

Espero ter desenvolvido suficientemente as minhas ideias nos capítulos precedentes para dar que pensar ao leitor, e para pô-lo em condições de realizar descobertas nesta brilhante carreira: não terá senão de ficar satisfeito de si, se chegar um dia a saber fazer a sua alma viajar sozinha; os prazeres que esta faculdade lhe há de proporcionar compensarão de sobra os quiproquós que daí poderão resultar. Pode haver gozo mais lisonjeiro que o de desdobrar assim a sua existência, de ocupar ao mesmo tempo a terra e os céus e de duplicar, por assim dizer, o próprio ser? — O desejo eterno e jamais satisfeito do homem não é o de aumentar seu poder e suas faculdades, de querer estar onde não está, de recordar o passado e de viver o futuro? — Ele quer comandar os exércitos, presidir as academias, quer ser adorado por belas mulheres; e, se ele possui tudo isso, tem então saudade dos campos e da tranquilidade, e tem inveja da cabana dos pastores; seus projetos, suas esperanças encalham sem cessar contra as desgraças reais inerentes à natureza humana; ele não saberá encontrar a felicidade. Um quarto de hora de viagem comigo lhe mostrará o caminho certo.

Mas por que ele não deixa *à outra* esses miseráveis cuidados, essa ambição que o atormenta? — Vem, pobre infeliz! Faz um esforço para romperes a tua prisão, e, do alto do céu aonde te conduzirei, do meio das orbes celestes e do empíreo, olha a besta, lançada ao mundo, correndo sozinha pela carreira da fortuna e das honras; vê com que gravidade ela caminha por entre os homens: a multidão se afasta com respeito, e, crê, ninguém perceberá que ela vai só; o menor cuidado da turba no meio da qual passeia é o de saber se ela tem ou não uma alma, se ela pensa ou não. — Mil mulheres sentimentais irão amá-la com fúria sem se aperceberem de nada disso; ela poderá mesmo se elevar, sem o socorro da tua alma, ao mais alto favor e à maior fortuna. — Enfim, eu não me espantaria nem um pouco se, ao retornarmos do empíreo, a tua alma, voltando para junto dela, se achasse dentro da besta de um grande senhor.

X

Não vá ninguém imaginar que, em vez de cumprir a minha palavra dando a descrição da minha viagem à roda do meu quarto, ando divagando para me livrar de dificuldades: enorme engano, pois a minha viagem continua realmente; e enquanto a minha alma, concentrando-se em si mesma, percorria, no capítulo precedente, as veredas tortuosas da metafísica, — eu estava em minha poltrona, sobre a qual me havia prostrado, de maneira que os seus pés dianteiros se ergueram duas polegadas do chão; e balançando-me para a direita e para a esquerda, ganhando terreno, insensivelmente eu tinha chegado bem junto à parede. — É a minha maneira de viajar quando não tenho pressa. — Ali, minha mão se apossara maquinalmente do retrato de madame de Hautcastel, e *a outra* entretinha-se a tirar a poeira que o cobria. — Esta ocupação lhe dava um prazer tranqüilo, e este prazer se fazia sentir por minha alma, embora ela andasse perdida pelas vastas planícies do céu; pois é bom observar que, quando o espírito viaja assim pelo espaço, fica sempre ligado aos sentidos por não sei que laço secreto; de sorte que, sem se incomodar com suas ocupações, ele pode tomar parte nos gozos pacíficos *da outra;* mas se este prazer aumenta até um certo ponto, ou se ela é surpreendida por algum espetáculo inesperado, a alma imediatamente retoma o seu lugar com a velocidade do relâmpago.

Foi o que me aconteceu enquanto limpava o retrato.

À medida que o lenço retirava a poeira e fazia aparecerem anéis de cabelos loiros e a guirlanda de rosas que os coroava, minha alma, de lá do sol para onde se tinha transportado, sentiu um ligeiro frêmito em seu íntimo, e compartilhou simpaticamente o gozo do meu coração. Este gozo tornou-se menos confuso e mais vivo quando o lenço, de uma só vez, descobriu a fronte brilhante dessa encantadora fisionomia; a minha alma chegou ao ponto de deixar os céus para gozar do espetáculo. Mas, estivesse ela nos Campos Elíseos, estivesse assistindo a um concerto de querubins, não teria lá ficado mais nem meio segundo, quando a sua companheira, tomando cada vez mais interesse por sua obra, lembrou-se de agarrar uma esponja molhada que se lhe apresentava e de passá-la de repente por cima das sobrancelhas e dos olhos; sobre o nariz; sobre as faces; sobre aquela boca — ah, Deus! Bate o meu coração —; sobre o queixo, sobre o peito: foi questão de um momento; toda a figura pareceu renascer e sair do nada. — Minha alma precipitou-se do céu como uma estrela cadente; encontrou *a outra* num êxtase arrebatador, que chegou a aumentar compartilhando-o. Esta situação singular e imprevista fez desaparecerem para mim o tempo e o espaço. — Eu existi por um instante no passado, e remocei contra a ordem da natureza. — Sim, ei-la, esta mulher adorada, é ela mesma, eu a vejo sorrindo; ela vai falar para dizer que me ama. — Que olhar! Vem, que eu te aperto contra o meu coração, alma da minha vida, minha segunda existência! Vem participar da minha embriaguez e da minha felicidade! — Esse momento foi breve, mas foi arrebatador: a fria razão recuperou logo o seu império, e, num abrir e fechar de olhos, envelheci um ano inteiro — meu coração se tornou frio, gelado, e me encontrei nivelado com a multidão dos indiferentes que pesam sobre o globo.

XI

Não convém antecipar os acontecimentos: a pressa de comunicar ao leitor o meu sistema da alma e da besta fez-me abandonar a descrição do meu leito mais cedo do que devia; quando a tiver terminado, retomarei minha viagem no ponto em que a interrompi no capítulo precedente. — Peço-vos, apenas, que vos lembreis que deixamos *a metade de mim mesmo* segurando o retrato de madame de Hautcastel, bem junto da parede, a quatro passos da minha secretária. Tinha-me esquecido, quando falei da minha cama, de aconselhar a todas as pessoas que possam fazê-lo a ter uma cama cor-de-rosa e branca; é certo que as cores influem sobre nós a ponto de nos alegrarem ou de nos entristecerem, segundo os seus tons. — O cor-de-rosa e o branco são duas cores consagradas ao prazer e à felicidade. — A natureza, dando-as à rosa, deu-lhe a coroa do império da Flora; e, quando o céu quer anunciar ao mundo um formoso dia, pinta as nuvens com essa tinta encantadora ao nascer do sol.

Um dia, subíamos com dificuldade ao longo de um atalho íngreme: a amável Rosália caminhava adiante; a sua agilidade dava-lhe asas: não podíamos segui-la. — De repente, chegando ao cume de um outeiro, ela se voltou para nós retomando a respiração e sorriu do nosso vagar. — Jamais talvez as duas cores que elogio teriam um triunfo assim. — As suas faces afogueadas, os seus lábios de coral, os seus dentes brilhantes, o seu pescoço de alabastro, sobre um fundo de verdura, impressionaram todos os olhares. Foi-nos preciso parar para contemplá-la: não digo nada dos seus olhos azuis nem do olhar que nos lançou, porque sairia do meu assunto e, além disso, porque é uma coisa em que sempre penso o menos possível. Basta-me ter dado o mais belo exemplo imaginável da superioridade dessas duas cores sobre todas as outras, e da sua influência sobre a felicidade dos homens.

Não seguirei mais adiante hoje. Que assunto poderia tratar agora que não fosse insípido? Que ideia que não fosse desvanecida por aquela ideia? — Não sei mesmo quando poderei recomeçar o trabalho. — Se eu o continuar, e se o leitor lhe desejar ver o fim, dirija-se ao anjo distribuidor dos pensamentos, e peça-lhe que nunca mais envolva a imagem daquele outeiro entre a multidão de pensamentos desconexos que ele me joga a todo instante.

Sem esta precaução, adeus minha viagem.

XII

....
....
...................O outeiro..............................
....
....
....

XIII

São baldados os esforços; é preciso abandonar a partida e descansar aqui bem contra a vontade: um alto militar.

XIV

Disse que gostava singularmente de meditar no doce calor da minha cama, e que sua cor agradável contribui muito para o prazer que ali encontro.

Para me proporcionar esse prazer, o meu criado recebeu ordem de entrar no quarto meia hora antes daquela em que resolvi levantar-me. Ouço-o andar devagarinho e arrumar o quarto com discrição, e esse rumor dá-me o deleite de me sentir dormitar: prazer delicado e desconhecido de muita gente.

Está-se suficientemente acordado para se perceber que ainda não se está inteiramente e para calcular de um modo confuso que a hora dos negócios e das coisas aborrecidas ainda está na ampulheta do tempo. Insensivelmente, o meu criado torna-se mais barulhento; é tão difícil constranger--se! Ademais, ele bem sabe que se aproxima a hora fatal. — Olha no meu relógio e faz ruídos com os berloques para me avisar; mas faço ouvidos de mercador; e, para alongar mais essa hora deliciosa, não há trapaça que eu não arme contra o pobre infeliz. Tenho cem ordens preliminares a dar-lhe para ganhar tempo. Ele sabe perfeitamente que essas ordens, dadas todas de mau humor, são apenas pretextos para ficar na cama sem parecer desejá-lo. Não dá mostras de o perceber, e eu lhe fico vivamente reconhecido.

Por fim, quando esgotei todos os recursos, ele avança até o meio do quarto e perfila-se ali de braços cruzados, na mais perfeita imobilidade.

Hão de convir que não é possível desaprovar o meu pensamento com mais espírito e discrição; por isso, nunca resisto a esse convite tácito; estendo os braços para lhe testemunhar que entendi, e eis-me sentado.

Se o leitor refletir sobre a conduta do meu criado, poderá convencer-se de que, em certos assuntos delicados do gênero deste, a simplicidade e o bom senso valem infinitamente mais do que o espírito mais hábil. Atrevo--me a assegurar que o discurso mais estudado sobre os inconvenientes da preguiça não me decidiria a sair tão prontamente da minha cama como a censura muda do senhor Joannetti.

É a honestidade em pessoa este senhor Joannetti, e ao mesmo tempo é de todos os homens o que mais convinha a um viajante como eu. Está acostumado às frequentes viagens da minha alma, e não ri nunca das inconsequências *da outra*; dirige-a mesmo algumas vezes, quando ela está só; de modo que se poderia então dizer que ela é conduzida por duas almas; quando ela se veste, por exemplo, ele me adverte por um sinal que ela está a ponto de calçar as meias do avesso ou de vestir a casaca antes do colete. — A minha alma tem-se divertido muitas vezes a ver o pobre Joannetti correr atrás da louca até o pórtico da cidadela para adverti-la, umas vezes que esqueceu o seu chapéu, outras que esqueceu o lenço.

Um dia (devo confessá-lo?), sem esse fiel criado que a alcançou na base da escada, a tonta se encaminhava para a corte sem espadim, tão desembaraçadamente quanto o grão--mestre das cerimônias quando leva o seu augusto bastão.

XV

"Toma lá, Joannetti", disse-lhe eu, "torna a dependurar este retrato." — Tinha-me ajudado a limpá-lo, e fazia tanta ideia de tudo o que produziu o capítulo do retrato quanto do que se passa na Lua. Fora ele quem, por impulso próprio, me tinha apresentado a esponja molhada, e quem, por este ato na aparência indiferente, tinha feito minha alma percorrer cem milhões de léguas num instante. Em vez de o pôr logo no seu lugar, demorou-se a enxugá-lo — uma dificuldade, um problema a resolver, dava-lhe um ar de curiosidade que eu notava. "Então" disse-lhe eu, "o que tens a dizer sobre esse retrato?" "Oh!, nada, senhor." "Mas, então?" Colocou-o em pé numa das prateleiras da minha secretária; em seguida, afastando-se alguns passos, disse: "Gostaria que o senhor me explicasse por que é que esse retrato olha sempre para mim, qualquer que seja o lugar do quarto em que eu esteja. Pela manhã, quando faço a cama, a cara está voltada para mim, e, se vou à janela, está voltada para mim do mesmo modo e segue-me com os olhos durante o caminho." "De modo, Joannetti", disse-lhe eu, "que se o quarto estivesse cheio de gente, esta formosa senhora estaria espiando para todos os lados e para todas as pessoas ao mesmo tempo?" "Oh, sim, senhor!" "E havia de sorrir para os que entrassem e para os que saíssem, tal como para mim?" Joannetti não respondeu nada. Estendi-me na minha poltrona e, baixando a cabeça, entreguei-me às mais sérias meditações. Que raio de luz! Pobre amante! Enquanto te mortificas longe de tua amada, junto à qual já estejas talvez substituído, enquanto fixas avidamente os teus olhos no seu retrato e imaginas (ao menos em pintura) ser o único para quem ela olha, a pérfida efígie, tão infiel como o original, dirige os seus olhares para tudo o que a rodeia, e sorri para toda gente.

Eis uma semelhança moral entre certos retratos e o seu modelo, que nenhum filósofo, nenhum pintor, nenhum observador tinha ainda percebido.

Caminho de descobertas em descobertas.

XVI

Joannetti conservava-se na mesma atitude, à espera da explicação que me tinha pedido. Pus a cabeça para fora das dobras do meu *roupão de viagem*, onde a tinha metido para meditar à vontade e para me restabelecer das tristes reflexões que acabava de fazer. "Pois não vês, Joannetti", disse-lhe eu depois de um momento de silêncio, e voltando a poltrona para o lado dele, "não vês que, sendo um quadro uma superfície plana, os raios de luz que partem de cada ponto dessa superfície..." Joannetti, com estas explicações, abriu de tal maneira os olhos que se lhe viam as pupilas inteiras; tinha, além disso, a boca entreaberta: esses dois movimentos no rosto humano anunciam, segundo o famoso Le Brun, o último estágio do espanto. Era, sem dúvida, a minha besta que tinha empreendido uma tal dissertação; a minha alma sabia perfeitamente que Joannetti ignora por completo o que seja uma superfície plana, e ainda mais o que sejam raios de luz: como a prodigiosa dilatação das suas pálpebras me fizesse cair em mim mesmo, tornei a meter a cabeça para dentro da gola do meu roupão de viagem e a encolhi de tal maneira que ficou quase escondida de todo.

Resolvi almoçar naquele mesmo local; a manhã ia muito adiantada, e mais um passo que eu desse no quarto ficava-me o almoço para a noite. Deixei-me escorregar até a borda da minha poltrona e, pondo os dois pés sobre a lareira, esperei pacientemente o almoço. — É uma atitude deliciosa esta: creio que seria bastante difícil achar outra que reunisse tantas vantagens, e que fosse tão cômoda para os descansos inevitáveis numa longa viagem.

Rosina, minha cadelinha fiel, nunca deixa então de vir puxar-me pelas pontas do roupão, para eu a pegar e pôr no colo; acha aí uma cama bem arrumada e muito cômoda, no vértice do ângulo formado pelas duas partes do meu corpo: um V consoante representa maravilhosamente a minha situação. Rosina salta para cima de mim se não a pego logo como deseja. Muitas vezes, encontro-a já acomodada sem saber como ali apareceu. As minhas mãos colocam-se por si próprias do modo mais favorável ao seu bem-estar, quer haja uma simpatia entre esta amável besta e a minha, quer seja só o acaso que decida — mas eu não acredito no acaso, nesse triste sistema, nessa palavra que nada significa. — Acreditaria antes no magnetismo; acreditaria antes no *martinismo*.[1] Não, não acreditarei nele nunca.

Há uma tal realidade nas relações que existem entre esses dois animais, que, quando ponho os dois pés sobre a lareira, por mero descuido, quando a hora do almoço está ainda muito afastada e todavia eu não penso de modo algum em

---

1. Sistema filosófico assim intitulado com o nome do seu autor, Martini, professor de filosofia em Württemberg na primeira metade do século XVII. É na sua obra *Jacobi Martini miscellanearum disputationum libri quatuor*, Württemberg, 1608, que aparece o capítulo relativo às ideias representativas, ou, para melhor nos exprimirmos, às representações internas das coisas do exterior. Martini não admite que a percepção possa ser explicada sem a hipótese das *espécies impressas* e compara estas espécies, recolhidas no tesouro da memória, com as imagens formadas pelos escultores, pelos pintores. Acrescenta que essas imagens, substitutas dos objetos ausentes, tornam-se em seguida a matéria de todos os atos intelectuais. Esta doutrina foi combatida por Ockam e na Universidade de Paris; todos os dias aparecia algum novo inimigo das *espécies*, algum partidário resoluto da percepção imediata. Segundo se vê da frase que estamos anotando, Xavier de Maistre também era um adversário implacável do *martinismo*. (N.T.)

me demorar nessa *etapa*, Rosina, presente a esse movimento, denuncia o prazer que sente agitando ligeiramente a cauda; a discrição a retém no seu lugar, e *a outra*, que o percebe, fica-lhe agradecida; apesar de incapazes de raciocinarem sobre a causa que o produz, estabelece-se assim entre elas um diálogo mudo, uma relação de sensação muito agradável, e que não poderia absolutamente ser atribuída ao acaso.

XVII

Que não me censurem por ser prolixo nos pormenores; é costume dos viajantes. Quando se parte para subir ao Monte Branco, quando se vai visitar a larga abertura do túmulo de Empédocles, não se deixa nunca de descrever com exatidão as menores circunstâncias: o número de pessoas, o de mulas, a qualidade das provisões, o excelente apetite dos viajantes, tudo, enfim, até as tropeçadas das cavalgaduras, é cuidadosamente registrado no diário, para a instrução do universo sedentário. Foi a partir deste princípio que resolvi falar da minha querida Rosina, animal muito amável que amo com verdadeira afeição, e consagrar-lhe um capítulo inteiro.

No decurso de seis anos que vivemos juntos, ainda não houve entre nós o menor resfriamento; ou, se se têm levantado entre mim e ela algumas pequenas altercações, confesso de boa-fé que a maior culpa tem estado sempre do meu lado, e que Rosina deu sempre os primeiros passos para a reconciliação.

À noite, tendo sido admoestada, retira-se com tristeza e sem murmurar: no dia seguinte, ao romper da manhã, está ao pé da minha cama numa atitude respeitosa, e ao menor movimento do seu dono, ao menor sinal de acordar, anuncia a sua presença por meio de pancadas precipitadas de sua cauda contra a minha mesinha de cabeceira.

E por que haveria eu de recusar minha afeição a esse ser carinhoso que nunca deixou de me amar desde a época em que principiamos a viver juntos? A minha memória não seria suficiente para fazer a enumeração das pessoas que se interessaram por mim e que me esqueceram. Tive alguns amigos, várias amantes, uma quantidade de ligações, mais ainda conhecimentos — e agora não sou nada para toda essa gente, que esqueceu até o meu nome.

Quantos protestos, quantos oferecimentos de serviços! Eu podia contar com a sua fortuna, com uma amizade eterna e sem reserva!

A minha querida Rosina, que nunca me ofereceu serviços, presta-me o maior serviço que se possa prestar à humanidade: ela me amava outrora, e me ama ainda hoje. Por isso, não receio dizê-lo, eu a amo com uma porção do mesmo sentimento que consagro aos meus amigos.

Digam o que quiserem.

XVIII

Deixamos Joannetti na atitude do espanto, imóvel diante de mim, esperando pelo fim da sublime explicação que eu tinha principiado.

Quando me viu enterrar de repente a cabeça na gola do roupão, e assim acabar a minha explicação, não duvidou um momento que eu não me tenha encolhido por falta de boas razões, e de me ter, em consequência, derrubado com a dificuldade que me havia proposto.

Apesar da superioridade que adquiria sobre mim, ele não demonstrou o menor movimento de orgulho, e não procurou tirar partido de sua vantagem. — Depois de um pequeno momento de silêncio, pegou o retrato, tornou a pô-lo no seu lugar e retirou-se ligeiramente na ponta dos pés. Percebia bem que a sua presença era uma espécie de humilhação para mim, e sua delicadeza sugeriu-lhe o retirar-se sem deixar que eu o percebesse. — A sua conduta, nessa ocasião, me interessou muito, e fê-lo penetrar mais fundo no meu coração. Terá sem dúvida um lugar também no do leitor; e, se houver alguém bastante insensível para recusá-lo depois de ter lido o capítulo seguinte, é que o céu lhe deu sem dúvida um coração de mármore.

XIX

"Fora!", disse-lhe eu um dia, "já é a terceira vez que lhe mando comprar uma escova! Que cabeça! Que animal!" Ele não respondeu uma palavra: já na véspera não tinha respondido nada a outra descompostura igual. *Ele é tão exato!*", dizia eu; não concebia nada daquilo. "Vá buscar um pano para me limpar os sapatos", disse-lhe furioso. Enquanto ele ia cumprir a minha ordem, arrependia-me de tê-lo assim maltratado. A minha ira passou completamente quando vi o cuidado com que ele procurava tirar a poeira dos meus sapatos sem me tocar nas meias: apoiei minha mão sobre ele em sinal de reconciliação. — "O quê!", disse então comigo mesmo, "há homens que limpam o sapato dos outros por dinheiro?" Esta palavra, *dinheiro,* foi um raio de luz que me iluminou. Lembrei-me de repente que havia muito tempo que não o dava a meu criado. "Joannetti", disse-lhe, retirando o pé, "você tem dinheiro?" Um meio sorriso de justificação apareceu-lhe nos lábios ao ouvir esta pergunta. "Não, senhor; há oito dias que não tenho um vintém; gastei tudo o que tinha nestas pequenas compras." "E a escova? Foi, sem dúvida, por causa dela?" Tornou a sorrir. Ele podia ter dito a seu patrão: "Não, eu não sou um cabeça-oca, um animal, como o senhor teve a crueldade de chamar ao seu fiel criado. Pague-me 23 libras, 10 soldos e 4 dinheiros que me deve e eu lhe comprarei a escova." Antes quis deixar-se maltratar injustamente do que expor o seu patrão ao rugido de sua cólera.

O céu o abençoe! Filósofos! Cristãos! Lestes?

"Aqui tens, Joannetti, toma lá", disse-lhe eu, "vai já comprar a escova." "Mas, senhor, quer ficar assim com um sapato branco e outro preto?"

"Vai, já te disse, vai já comprar a escova; deixa, deixa essa poeira no meu sapato." Ele saiu; eu peguei o pano e limpei deliciosamente o meu sapato esquerdo, sobre o qual deixei cair uma lágrima de arrependimento.

XX

As paredes do meu quarto estão guarnecidas de estampas e de quadros que o embelezam singularmente. Desejava de todo o coração que fossem examinados pelo leitor um a um, para diverti-lo e distraí-lo ao longo do caminho que ainda devemos percorrer para chegar à minha secretária; mas é tão impossível explicar claramente um quadro como fazer um retrato parecido ouvindo uma descrição.

Que emoção não experimentaria o leitor, por exemplo, contemplando a primeira estampa que se apresenta à vista! — Veria a infeliz Carlota enxugando lentamente e com a mão trêmula as armas de Alberto. Negros pressentimentos e todas as angústias do amor sem esperança e sem consolo se veem impressos na sua fisionomia, enquanto o frio Alberto, cercado de pilhas de processos e de papéis velhos de toda espécie, se volta friamente para desejar boa viagem ao seu amigo. Quantas vezes não tenho tido a tentação de quebrar o vidro que cobre essa estampa, para arrancar Alberto de sua mesa, para fazê-lo em pedaços e pisoteá-lo! Mas sempre há de haver Albertos demais neste mundo. Qual é o homem sensível que não tem o seu, com quem é obrigado a viver e contra o qual as expansões da alma, as doces emoções do coração e os transportes da imaginação se vão quebrar como as ondas contra os rochedos? Feliz aquele que encontra um amigo cujo coração e cujo espírito se harmonizam com os seus; um amigo que a ele se une por uma conformidade de gostos, de sentimentos e de conhecimentos; um amigo que não seja atormentado pela ambição ou pelo interesse — que prefira a sombra de uma árvore à pompa de uma corte! Feliz daquele que possui um amigo!

XXI

Eu tinha um: a morte o tirou de mim; derrubou-o no começo da sua carreira, no momento em que da sua amizade se tinha tornado uma necessidade indispensável para o meu coração. Amparávamo-nos mutuamente nos trabalhos penosos da guerra; tínhamos um só cachimbo para os dois; bebíamos no mesmo copo; dormíamos sob a mesma barraca e, nas circunstâncias infelizes em que estávamos, o lugar em que vivíamos juntos era para nós uma nova pátria: eu o vi servir de alvo para todos os perigos da guerra, de uma guerra desastrosa. — A morte parecia poupar-nos um para o outro: mil vezes esgotou os seus tiros em torno dele sem o alcançar; mas era para me tornar a sua perda mais sensível.

O tumulto das armas, o entusiasmo que se apodera da alma diante do perigo teriam talvez impedido que os seus gritos chegassem até o meu coração. A sua morte teria sido útil ao seu país e funesta para os inimigos: eu o teria lastimado menos. — Mas perdê-lo no meio das delícias de um quartel de inverno! Vê-lo expirar nos meus braços no momento em que ele parecia transbordar de saúde; no momento em que a nossa ligação se apertava ainda no repouso e na tranquilidade! — ah! Não poderei consolar-me nunca! Contudo, a sua memória não vive mais senão no meu coração; não existe mais entre aqueles que o rodeavam e que o substituíram; esta ideia torna-me mais penoso o sentimento de sua perda. A natureza, indiferente também à sorte dos indivíduos, enverga de novo o seu vestido brilhante da primavera e adorna-se com toda a sua beleza em torno do cemitério onde ele repousa. As árvores cobrem-se de folhas e entrelaçam os seus ramos; as aves cantam sob a folhagem; as moscas zumbem entre as flores; tudo respira alegria e vida na morada da morte — e à noite, enquanto a Lua brilha no céu e eu medito próximo desse triste lugar, ouço o grilo prosseguir alegremente o seu canto infatigável, oculto debaixo da erva que cobre o túmulo silencioso do meu amigo. A destruição insensível dos seres e todas as desgraças da humanidade nada contam no grande todo. — A morte de um homem sensível que expira no meio dos seus amigos desolados e a de uma borboleta que o ar frio da manhã faz morrer no cálice de uma flor são duas épocas semelhantes no curso da natureza. O homem não é mais que um fantasma, uma sombra, um vapor que se dissipa nos ares...

Mas a alva matinal começa a branquear o céu; as ideias negras que me agitavam desvanecem-se com a noite, e a esperança renasce no meu coração. — Não, aquele que inunda assim o oriente de luz não a fez brilhar aos meus olhos para mergulhar-me dentro em breve na noite do nada. Aquele que estendeu este horizonte incomensurável, aquele que elevou estas massas enormes de que o sol doura os cimos gelados, é também aquele que ordenou ao meu coração que batesse e ao meu espírito que pensasse.

Não, o meu amigo não entrou no nada; qualquer que seja a barreira que nos separe, hei de tornar a vê-lo. Não é num silogismo que eu fundo a minha esperança — o voo de um inseto que atravessa os ares basta para me persuadir; e muitas vezes o aspecto do campo, o perfume dos ares, e não sei que encanto derramado em torno de mim, elevam de tal modo os meus pensamentos que uma prova invencível da imortalidade entra com violência na minha alma e a ocupa inteira.

XXII

Havia muito tempo que se apresentava à pena o capítulo que acabo de escrever, e sempre o tinha rejeitado. Tinha prometido a mim mesmo não deixar ver neste livro senão a face risonha da minha alma, mas esse projeto falhou-me como tantos outros; espero que o leitor sensível me perdoe por ter-lhe pedido algumas lágrimas; e se alguém achar que *em verdade* eu poderia ter cortado este capítulo, pode rasgá-lo do seu exemplar, ou mesmo atirar o livro ao fogo.

Basta-me que tu o aches segundo o teu coração, minha querida Jenny, tu, a melhor e a mais amada das mulheres — tu, a melhor e a mais amada das irmãs; é a ti que dedico a minha obra; se tiver a tua aprovação, terá a de todos os corações sensíveis e delicados; e se perdoares as loucuras que algumas vezes me escapam contra a minha vontade, desafio todos os censores do universo.

XXIII

Direi apenas uma palavra sobre a estampa seguinte.

É a família do infeliz Ugolino morrendo de fome: em torno dele, um de seus filhos está estendido, sem movimento, a seus pés; os outros estendem-lhe os braços enfraquecidos e pedem-lhe pão, enquanto o infeliz pai, encostado a uma coluna da prisão, o olhar fixo e esgazeado, o rosto imóvel — na horrível tranquilidade que dá o último período do desespero —, morre ao mesmo tempo sua própria morte e a de todos os seus filhos, e sofre tudo quanto a natureza pode sofrer.

Bravo cavaleiro de Assas, eis-te expirando debaixo de cem baionetas, com um esforço de coragem, com um heroísmo que já não se conhece nos nossos dias!

E tu que choras debaixo dessas palmeiras, infeliz negra! Tu a quem um bárbaro, que sem dúvida não era inglês, traiu e abandonou — que digo? Tu que ele teve a crueldade de vender como uma vil escrava, apesar do teu amor e dos teus serviços, apesar do fruto da tua ternura que trazes no teu seio, não passarei diante da tua imagem sem te prestar o culto que é devido à tua sensibilidade e às tuas desgraças!

Paremos um instante diante deste outro quadro: é uma jovem pastora que guarda sozinha o seu rebanho no cimo dos Alpes: está sentada num velho tronco de abeto derrubado e embranquecido pelos invernos; seus pés estão cobertos pelas largas folhas de uma moita de *cacalia,* cujas flores roxas se elevam acima da sua cabeça. A alfazema, o tomilho, a anêmona, a centáurea, flores de toda espécie, que se cultivam a custo nas nossas estufas e nos nossos jardins e que nascem sobre os Alpes com toda a sua beleza primitiva, formam o tapete brilhante sobre o qual vagueiam as suas ovelhas. — Amável pastora, diz-me, onde se encontra o feliz canto da terra em que habitas? De que longínquo redil partiste esta manhã ao romper da aurora? — Não poderei ir para lá viver contigo? Mas, ai!, não tardará a desvanecer-se a doce tranquilidade de que hoje gozas: o demônio da guerra, não contente em assaltar as cidades, vai em breve levar o tumulto e o assombro até o teu retiro solitário. Já os soldados avançam; eu os vejo subirem montanha após montanha e se aproximarem das nuvens — o estrondo do canhão se faz ouvir na alta morada do trovão. Foge, pastora, junta o teu rebanho, esconde-te nos antros mais remotos e mais selvagens: já não há repouso nesta triste terra.

XXIV

Não sei como isso me acontece; há algum tempo que os meus capítulos acabam sempre num tom sinistro. Em vão, ao começá-los, fixo os meus olhares em algum objeto agradável — em vão embarco pela calmaria, logo caio numa borrasca que me faz soçobrar. Para pôr termo a essa agitação que não me deixa dono das minhas ideias, e para sossegar os embates do meu coração, que tantas imagens enternecedoras têm por demais agitado, não vejo outro remédio além de uma dissertação — sim, quero pôr este pedaço de gelo sobre o meu coração.

E esta dissertação será sobre a pintura; porque não há meio de dissertar sobre outro qualquer objeto. Não posso descer inteiramente do ponto aonde tinha subido ainda agora: é como o cavalinho do meu tio Tobias.

Queria dizer, de passagem, algumas palavras sobre a questão de preeminência entre a arte encantadora da pintura e a da música: sim, quero pôr alguma coisa na balança, quando mais não seja um grão de areia, um átomo.

Diz-se a favor do pintor que ele deixa alguma coisa de si; seus quadros lhe sobrevivem e eternizam a sua memória.

Responde-se que os compositores de música deixam também óperas e concertos; mas a música está sujeita à moda, e a pintura não o está — os trechos de música que enterneciam nossos avós são ridículos para os amadores dos nossos dias, e são colocados nas óperas burlescas, para fazerem rir os netos daqueles a quem faziam chorar outrora.

Os quadros de Rafael hão de encantar a nossa posteridade como já arrebataram nossos antepassados.

Eis o meu grão de areia.

XXV

"Mas o que me importa", disse-me um dia madame de Hautcastel, "que a música de Cherubini ou de Cimarosa seja diferente da de seus predecessores? — que me importa que a antiga música me faça rir, contanto que a nova me enterneça deliciosamente? — Será, pois, necessário para a minha felicidade que os meus prazeres se assemelhem aos de minha trisavó? Que está me dizendo da pintura? De uma arte que não é estimada senão por uma classe muito pouco numerosa de pessoas, ao passo que a música encanta tudo o que respira?"

Não sei muito bem, neste momento, qual a resposta que se possa dar a essa observação, com a qual não contava quando comecei este capítulo.

Se a tivesse previsto, talvez não tivesse empreendido essa dissertação. E não se tome isto por uma partida de músico — não o sou, palavra de honra; não, não sou músico; tomo por testemunha o céu e todos os que já me ouviram tocar violino.

Mas, supondo o mérito da arte igual de uma parte e de outra, não deve haver pressa em inferir do mérito da arte o mérito do artista — veem-se crianças tocar o cravo como grandes mestres; nunca se viu um bom pintor de doze anos. A pintura, além do gosto e do sentimento, exige uma cabeça pensante, que os músicos podem dispensar. Veem-se todos os dias homens sem cabeça e sem coração tirarem de um violino, de uma harpa, sons arrebatadores.

Pode-se ensinar a besta humana a tocar o cravo; e, quando ela é educada por um bom mestre, a alma pode viajar inteiramente à sua vontade, ao passo que os dedos vão maquinalmente tirar sons com que ela de nenhum modo se mete — por outro lado, não seria possível pintar a coisa mais simples do mundo sem a alma empregar aí todas as suas faculdades.

Se, contudo, alguém se lembrasse de distinguir entre a música de composição e a de execução, confesso que me embaraçaria um pouco. Ah!, se todos os fazedores de dissertações fossem de boa-fé, é assim que todas elas acabariam. — Ao começar o exame de uma questão, tomamos ordinariamente o tom dogmático, porque estamos decididos no íntimo, como eu realmente o estava em favor da pintura, apesar da minha hipócrita imparcialidade; mas a discussão desperta a objeção — e tudo acaba na dúvida.

XXVI

Agora que estou mais sossegado, vou ver se falo sem emoção dos dois retratos que se seguem ao quadro da *Pastora dos Alpes*.

Rafael! O teu retrato não podia ser pintado senão por ti mesmo. Quem, senão tu, ousaria tentá-lo? Teu rosto aberto, sensível, espirituoso, anuncia o teu caráter e o teu gênio.

Para ser agradável à tua sombra, coloquei ao pé de ti o retrato de tua amante, a quem todos os homens, de todos os séculos, hão de eternamente pedir conta das obras sublimes de que a tua morte prematura privou as artes.

Quando examino o retrato de Rafael, sinto-me penetrado por um respeito quase religioso por este grande homem que, na flor de seus anos, tinha sobrepujado a Antiguidade toda, cujos quadros são a admiração e o desespero dos artistas modernos. A minha alma, admirando-o, experimenta um movimento de indignação contra essa italiana que preferiu o seu amor ao seu amante, e que apagou no seu seio aquele facho celeste, aquele gênio divino.

Infeliz! Não sabias que Rafael tinha anunciado um quadro superior ao da *Transfiguração?* — Não sabias que apertavas em teus braços o favorito da natureza, o pai do entusiasmo, um gênio sublime, um deus?

Enquanto minha alma faz estas observações, a sua *companheira*, fixando um olhar atento sobre a figura radiosa daquela funesta beleza, sente-se inteiramente disposta a perdoar-lhe a morte de Rafael.

Em vão a minha alma lhe censura a extravagante franqueza, não é ouvida — estabelece-se entre ambas, em ocasiões desse tipo, um diálogo singular que termina quase sempre com vantagem para o *mau princípio*, e de que eu guardo uma amostra para outro capítulo.

XXVII

As estampas e os quadros de que tenho falado empalidecem e desaparecem à primeira olhadela que se dá ao quadro seguinte: as obras imortais de Rafael, de Correggio e de toda a Escola da Itália não sustentariam o paralelo. Por isso, guardo-o sempre para o fim, como peça de reserva, quando proporciono a alguns curiosos o prazer de viajar comigo; e posso assegurar que desde que mostro esse quadro sublime aos conhecedores e aos ignorantes, às pessoas da sociedade, aos artesãos, às mulheres e às crianças, aos animais mesmo, sempre vi os espectadores, quaisquer que fossem, dar, cada um a seu modo, sinais de prazer e de espanto: tão admiravelmente está a natureza aí traduzida!

Pois que quadro poderíamos apresentar-vos, meus senhores; que espetáculo poderíamos pôr diante de vossos olhos, minhas senhoras, mais seguro quanto ao vosso sufrágio, do que a fiel representação de vós mesmos? O quadro de que estou falando é um espelho, e ninguém até agora se lembrou ainda de o criticar; ele é, para todos os que o fitam, um quadro perfeito sobre o qual nada há que dizer.

Há de se convir, sem dúvida, que ele deve ser tido por uma das maravilhas da região por onde passeio.

Passarei em silêncio pelo prazer que sente o físico ao meditar sobre os estranhos fenômenos da luz que representa todos os objetos da natureza sobre esta superfície polida. O espelho apresenta ao viajante sedentário mil reflexões interessantes, mil observações que o tornam um objeto útil e precioso.

Vós a quem o amor teve ou tem ainda sob o seu império, aprendei que é diante de um espelho que ele afia os seus dardos e medita as suas crueldades; é aí que ele ensaia as suas manobras, que ele estuda os seus movimentos, que ele se prepara de antemão para a guerra que ele quer declarar; é aí que ele se exercita nos olhares meigos, nos pequenos fingimentos, nos arrufos astutos, como um ator se exercita em frente de si próprio antes de se apresentar em público. Sempre imparcial e verdadeiro, um espelho patenteia aos olhos do espectador as rosas da mocidade e as rugas dos anos, sem caluniar nem lisonjear ninguém — é, entre todos os conselheiros dos grandes, o único que lhes diz constantemente a verdade.

Esta vantagem me tinha feito desejar a invenção de um espelho moral onde todos os homens se pudessem ver com os seus vícios e com as suas virtudes. Pensava mesmo em propor um prêmio a qualquer academia para essa descoberta, quando maduras reflexões me provaram a sua inutilidade.

Ah, é tão raro que a fealdade se reconheça e quebre o espelho! Em vão, os vidros se multiplicam em torno de nós, e refletem com uma exatidão geométrica a luz e a verdade: no momento em que os raios vão penetrar nos nossos olhos e pintar-nos tal como somos, o amor-próprio faz deslizar o seu prisma enganador entre nós e a nossa imagem, e representa-nos uma divindade.

E de todos os prismas que têm existido, desde o primeiro que saiu das mãos do imortal Newton, nenhum possui uma força de refração tão poderosa, nem produz cores tão agradáveis e tão vivas como o prisma do amor-próprio.

Ora, como os espelhos comuns anunciam em vão a verdade, e como cada um está contente com a sua cara; como eles não podem fazer conhecer aos homens as suas imperfeições físicas, para que serviria o meu espelho moral? Pouca gente para ele deitaria os olhos e ninguém se reconheceria, exceto os filósofos — mesmo destes eu duvido um pouco.

Tomando o espelho pelo que ele é, espero que ninguém me censure por eu o haver colocado acima de todos os quadros da Escola da Itália. As senhoras, cujo gosto não saberia ser falso e cuja decisão deve regular tudo, lançam ordinariamente o seu primeiro olhar para esse quadro quando entram num quarto.

Mil vezes tenho visto senhoras e até jovens mancebos esquecerem no baile os seus amantes ou as suas conquistas, a dança e todos os prazeres da festa para contemplarem, com acentuada complacência, esse quadro encantador — e mesmo honrá-lo de quando em quando com uma olhadela —, no meio da contradança mais animada.

Quem poderia, portanto, disputar-lhe o lugar que eu lhe concedo entre as obras-primas da arte de Apeles?

XXVIII

Eu tinha enfim chegado bem perto da minha secretária, tanto que, estendendo o braço, me seria possível tocar no ângulo mais próximo de mim, quando estive mesmo a ponto de ver destruir-se o fruto de todos os meus trabalhos e de perder a vida. — Deveria passar em silêncio pelo acidente que me aconteceu, para não desanimar os viajantes, mas é tão difícil voltar-se na liteira de que me sirvo que, teremos de concordar, é preciso ser infeliz até o último ponto — tão infeliz como eu sou — para correr semelhante risco. Encontrei-me estendido no meio do chão, completamente caído e decaído; e isso tão depressa, tão inopinadamente, que estaria tentado a pôr em dúvida a minha desdita se um zunido na cabeça e uma violenta dor no ombro esquerdo não me tivessem demonstrado sua autenticidade com demasiada evidência.

Foi mais um ato maldoso da *minha metade.* — Assustada com a voz de um pobre que de repente pediu esmola à minha porta e pelos latidos de Rosina, ela fez girar bruscamente a poltrona antes de a minha alma ter tempo de adverti-la de que faltava no chão um ladrilho; o impulso foi tão violento que a minha liteira se achou absolutamente fora do seu centro de gravidade e tombou por cima de mim.

Foi, confesso, uma das ocasiões em que mais tive de me queixar da minha alma; pois, em vez de ficar zangada porque vinha de se ausentar, e de repreender sua companheira pela precipitação desta, faltou com seu dever a ponto de partilhar o ressentimento mais *animal* e de maltratar com palavras aquele pobre inocente. — "Vadio, vá trabalhar", disse-lhe ela (apóstrofe execrável, inventada pela riqueza avarenta e cruel!). *"Senhor",* disse ele, então, para me enternecer, *"eu sou de Chambéri..."* "Tanto pior para você." *"Eu sou o Jacques; fui eu que o senhor viu lá no campo; fui eu que levei os carneiros a pastar..."* "E o que vem fazer aqui?" Minha alma começava a arrepender-se da brutalidade das minhas primeiras palavras. — Creio mesmo que se tinha arrependido um instante antes de deixá-las escapar. Assim sucede quando se encontra inopinadamente no meio do caminho uma vala ou um lodaçal, que a gente vê mas já não tem tempo de evitar.

Rosina acabou de me chamar ao bom senso e ao arrependimento: havia reconhecido Jacques, que tinha muitas vezes repartido pão com ela, e testemunhava-lhe, pelas suas festas, a sua saudade e o seu reconhecimento.

Durante esse tempo, Joannetti foi reunindo os restos do meu jantar, que eram destinados ao dele, e os deu sem hesitação a Jacques.

Pobre Joannetti!

E eis como, na minha viagem, vou recebendo lições de filosofia e de humanidade do meu criado e do meu cão.

XXIX

Antes de ir mais longe, quero destruir uma dúvida que poderia ter se introduzido no espírito dos meus leitores.

Não desejava, por nada neste mundo, que suspeitassem ter eu empreendido esta viagem unicamente por não saber o que fazer e forçado, de qualquer maneira, pelas circunstâncias: aqui afirmo, e juro por tudo o que me é caro, que já tinha intenção de empreendê-la muito tempo antes do acontecimento que me fez perder a liberdade durante quarenta e dois dias. Esta reclusão forçada foi apenas a ocasião de me pôr a caminho mais cedo.

Bem sei que o protesto gratuito que estou aqui fazendo há de parecer suspeito a certas pessoas; mas sei também que as pessoas desconfiadas não lerão este livro — têm bastante que fazer em casa e junto aos amigos; têm outras coisas de que tratar —, e as pessoas de bem acreditar-me-ão.

Concordo, entretanto, que teria preferido ocupar-me desta viagem em outro tempo, e que, para efetuá-la, teria escolhido a Quaresma de preferência ao Carnaval; todavia, algumas reflexões filosóficas, que me vieram do céu, muito me ajudaram a suportar a privação dos prazeres que Turim apresenta nesses momentos de ruído e de agitação. — É certíssimo, dizia eu comigo, que as paredes do meu quarto estão tão magnificamente adornadas quanto as de um salão de baile; o silêncio do meu *camarote* não vale o ruído agradável da música e da dança; mas, entre os personagens brilhantes que se encontram nessas festas, há certamente alguns mais enfastiados do que eu.

E por que haveria de me meter a observar os que se encontram numa situação mais agradável, enquanto o mundo formiga de gente mais infeliz na sua situação do que o sou na minha? — Em vez de me transportar pela imaginação até esse soberbo cassino, onde tantas belezas são eclipsadas pela jovem Eugênia, não preciso mais, para me julgar feliz, do que parar por um momento ao longo das ruas que para lá conduzem. — Uma quantidade de infortunados, deitados quase nus debaixo dos pórticos daquelas residências suntuosas, parecem estar a ponto de expirar de frio e de miséria

— que espetáculo! Queria que esta página do meu livro fosse conhecida de todo o universo; queria que se soubesse que, nesta cidade onde tudo respira opulência, durante as noites mais frias de inverno, uma grande quantidade de desgraçados dormem sem abrigo, com a cabeça encostada a uma pedra, ou estendidos à porta de um palácio.

Aqui, é um grupo de crianças apertadas umas contra as outra para não morrerem de frio — acolá é uma mulher trêmula e sem voz para se queixar. Os transeuntes vão e vêm, sem se comoverem com o espetáculo a que já estão acostumados. — O barulho das carruagens, a voz da intemperança, os sons arrebatadores da música juntam-se algumas vezes aos gritos desses miseráveis e formam uma horrível dissonância.

XXX

Aquele que tivesse pressa em julgar uma cidade pela leitura do capítulo precedente enganar-se-ia muito. Falei dos pobres que aí se encontram, dos seus queixumes lamentáveis e da indiferença de certas pessoas a seu respeito; mas não disse nada do grande número de homens caridosos, que dormem enquanto os outros se divertem e que se levantam ao romper do dia e vão socorrer o infortúnio sem testemunhas nem ostentação. — Não, não passarei por isso em silêncio: quero escrevê-lo no reverso da página *que todo o universo deve ler.*

Depois de terem repartido a sua fortuna com seus irmãos, depois de terem derramado o bálsamo naqueles corações atormentados pela dor, eles vão às igrejas, enquanto o vício fatigado dorme sob o edredom, oferecer a Deus as suas orações e dar-lhe graças pelos seus benefícios: a luz da lâmpada solitária combate ainda, no templo, a do dia que vem rompendo, e já estão ao pé dos altares — e o Eterno, irritado pela dureza e pela avareza dos homens, retém o seu raio pronto para ser arremetido!

XXXI

Quis dizer alguma coisa desses infelizes na minha viagem, porque a ideia da sua miséria muitas vezes me ocupou durante o caminho. Impressionado frequentemente pela diferença entre a situação deles e a minha, parava de repente a minha berlinda, e meu quarto me parecia prodigiosamente embelezado. Que luxo inútil! Seis cadeiras, duas mesas, uma secretária, um espelho, que ostentação! Minha cama sobretudo, a minha cama cor-de-rosa e branca, e os meus dois colchões, me pareciam desafiar a magnificência e a indolência dos monarcas da Ásia. — Estas reflexões tornavam-me indiferentes os prazeres que me tinham sido proibidos: e, de reflexão em reflexão, o meu acesso de filosofia chegava a tal que eu poderia ver um baile no quarto próximo, que eu poderia ouvir o som dos violinos e dos clarinetes sem me mover do lugar; poderia ouvir com os meus dois ouvidos a voz melodiosa da *Marchesini*, essa voz que tantas vezes me transportou para fora de mim mesmo — sim, podê-la-ia ouvir sem me comover —; mais ainda, teria olhado sem a menor emoção para a mais formosa mulher de Turim, a própria Eugênia, enfeitada da cabeça aos pés pelas mãos de *mademoiselle* Rapous. — Isso, contudo, não é bem certo.

XXXII

Mas, permiti-me que vos pergunte, meus senhores, divertis-vos tanto quanto outrora no baile e na comédia? — Pela minha parte, confesso, há algum tempo que todas as assembleias numerosas me inspiram certo terror. — Sou nelas assaltado por um sonho sinistro. — Em vão faço todos os esforços para afugentá-lo, ele volta sempre, como o de Atalia. — É talvez porque a alma, inundada hoje de ideias negras e de quadros dilacerantes, encontra por toda parte assuntos de tristeza, como um estômago viciado converte em venenos os alimentos mais sãos. — Seja como for, eis o meu sonho:

Quando estou numa dessas festas, no meio daquela multidão de homens amáveis e cheios de afabilidade que dançam, que cantam, que choram com as tragédias, que não exprimem senão alegria, franqueza e cordialidade, digo a mim mesmo: Se nesta assembleia polida entrasse de repente um urso branco, um filósofo, um tigre, ou qualquer outro animal dessa espécie, e, subindo à orquestra, exclamasse com voz descompassada: "Desgraçados humanos! Escutai a verdade que vos fala pela minha boca: sois oprimidos, tiranizados, sois infelizes; aborrecei-vos — saí desse letargo!

"Vós, músicos, principiai por quebrar esses instrumentos sobre as vossas cabeças; armai-vos cada um de um punhal: não penseis mais em distrações e em festas; subi aos camarotes, degolai toda a gente; e as mulheres ensopem também as mãos tímidas no sangue!

"Saí, sois *livres;* arrancai o vosso rei do seu trono, e o vosso Deus do seu santuário!"

Pois bem, o que o tigre disse, quantos desses homens *encantadores* o executarão? — Quantos talvez já pensavam nisso antes de ele entrar? Quem o sabe? — Pois não se dançava em Paris há cinco anos?[2]

"Joannetti, feche as portas e as janelas. Não quero tornar a ver a luz; não quero que nenhum homem entre no meu quarto; deixe o meu sabre ao alcance da minha mão — saia também, e não torne mais a aparecer diante de mim!"

XXXIII

"Não, não, fica, Joannetti; fica, pobre rapaz; e tu também, minha Rosina; tu que adivinhas as minhas penas e que as

---

2. Alusão à época do Terror, fase mais extremista após a Revolução Francesa.

suavizas com as tuas festas; vem, minha Rosina; vem — V consoante e morada."

XXXIV

A queda da minha liteira prestou ao leitor o serviço de encurtar a minha viagem por uma boa dúzia de capítulos, porque, quando me levantei, estava em frente e bem próximo da minha secretária, e já não havia tempo de fazer reflexões sobre o número de estampas e de quadros que ainda tinha a percorrer, e que teriam podido alongar as minhas excursões sobre a pintura.

Deixando, portanto, à direita, os retratos de Rafael e de sua amante, o cavaleiro de Assas e a *Pastora dos Alpes*, e caminhando para a esquerda em direção à janela, descobre-se a minha secretária: é o primeiro objeto e o mais aparente que se apresenta aos olhos do viajante, seguindo o caminho que acabo de indicar.

Por cima, ela é dominada por algumas prateleiras que servem de biblioteca; o conjunto é coroado por um busto que completa a pirâmide, e este é o objeto que mais contribui para o embelezamento do país.

Puxando a primeira gaveta à direita, encontra-se uma escrivaninha, papel de toda espécie, penas bem aparadas e cera de lacrar. — Isso tudo seria capaz de dar vontade de escrever à pessoa mais indolente — tenho certeza, minha querida Jenny, que se te ocorresse abrir essa gaveta por acaso havias de responder à carta que no ano passado te escrevi. Na gaveta correspondente jazem, confusamente amontoados, os materiais da interessante história da prisioneira de Pignerol, que dentro em pouco havereis de ler, meus caros amigos.[3]

Entre essas duas gavetas fica um nicho para onde atiro as cartas à medida que as recebo: ali se encontram todas as que tenho recebido há dez anos; as mais antigas estão ordenadas, segundo as datas, em vários maços: as recentes estão em desordem; restam muitas que datam da minha primeira mocidade.

Que prazer o de tornar a ver nessas cartas as situações interessantes dos nossos anos juvenis, e sermos transportados de novo para aqueles tempos felizes que nunca mais veremos!

Ah! O meu coração transborda! Como goza tristemente quando os meus olhos percorrem as linhas traçadas por um ser que já não existe! Eis os seus caracteres, foi o seu coração que lhe conduziu a mão, foi a mim que ele escreveu esta carta, e esta carta é tudo o que me resta dele!

Quando ponho a mão nesse depósito, é raro que daí me afaste pelo dia todo. É assim que o viajante atravessa rapidamente algumas províncias da Itália, fazendo às pressas algumas observações superficiais, para se fixar em Roma durante meses inteiros — é o mais rico veio da mina que exploro. Que mudança nas minhas ideias e nos meus

---

3. Xavier de Maistre não cumpriu a sua palavra, e, se algum escrito apareceu com este título, o autor de *Viagem à roda do meu quarto* declarou que não tem nada com ele.

sentimentos! Que diferença nos meus amigos! Quando os examino então e hoje, vejo-os mortalmente agitados com projetos que não mais os tocam agora. Nós olhávamos um acontecimento como uma grande desgraça; mas falta o fim da carta, e o acontecimento está esquecido de todo: não sou capaz de saber do que se tratava. — Mil preconceitos nos cercavam; o mundo e os homens eram-nos totalmente desconhecidos; mas, também, que calor nas nossas relações! Que ligação íntima! Que confiança sem limites!

Éramos felizes pelos nossos erros — e agora: Ah! Já não é nada disso! Fomos obrigados a ler, como os outros, no coração humano; e a verdade, caindo no meio de nós como uma bomba, destruiu para sempre o palácio encantado da ilusão.

CAPÍTULO XXXV

Dependia só de mim fazer um capítulo a propósito daquela rosa seca que ali está, se o assunto valesse a pena: é uma flor do Carnaval do ano passado. Fui eu mesmo colhê-la nas estufas do Valentino, e à noite, uma hora antes do baile, cheio de esperança e com uma agradável emoção, fui oferecê-la a madame de Hautcastel. Ela a aceitou — colocou-a em cima do seu toucador sem olhar para ela e sem olhar para mim. Mas como podia me dar atenção? Estava entretida a olhar para si mesma. Em pé, diante de um grande espelho, já penteada, dava os últimos retoques aos seus enfeites; estava tão intensamente preocupada com fitas, gazes, tules de toda espécie amontoados diante dela, que eu não obtive nem mesmo um olhar, um sinal. — Resignei-me: eu tinha humildemente, arranjados na minha mão, alfinetes prontos para servirem-na; mas a sua pregadeira estava mais à mão, e ela os tirava da pregadeira — e se eu estendia a mão, tirava-os da minha mão indiferentemente; e para tirá--los ela tateava sem tirar os olhos do espelho, com medo de se perder de vista.

Segurei por algum tempo um segundo espelho por trás dela para que melhor julgasse a própria aparência; e a sua fisionomia, repetindo-se de um espelho a outro, fez-me ver então uma perspectiva de *coquettes,* nenhuma das quais me dava a menor atenção. Numa palavra, devo dizê-lo, a minha rosa e eu fazíamos uma tristíssima figura.

Acabei por perder a paciência, e, não podendo mais resistir ao despeito que me devorava, deixei o espelho que tinha na mão e saí encolerizado e sem me despedir.

"Vai-se embora?", disse-me ela, voltando-se de lado para ver a sua figura de perfil. Não respondi nada; mas estive escutando algum tempo à porta, para saber que efeito produzia a minha saída brusca. *"Não vê",* dizia ela à criada de quarto, depois de um instante de silêncio *"não vê que este corpete está largo demais para a minha cintura, principalmente embaixo, e que é preciso fazer-lhe uma prega com alfinetes?"*

Como e por que se encontra ali aquela rosa seca sobre uma prateleira da minha secretária é o que eu certamente não direi, porque já declarei que uma rosa seca não merecia um capítulo.

Reparai bem, minhas senhoras, que não faço a mínima reflexão sobre a aventura da rosa seca. Não digo que madame de Hautcastel fez bem ou mal em preferir os seus adornos, nem que eu tivesse direito a ser recebido de outro modo.

Evito ainda com mais cuidado tirar consequências gerais sobre a realidade, a força e a duração do afeto das senhoras para com os seus amigos — contento-me em atirar este capítulo (pois que já é um capítulo), em atirá-lo, repito, para o mundo, com o resto da viagem, sem o dirigir a ninguém, e sem o recomendar a ninguém.

Apenas acrescentarei um conselho para vós, meus senhores: é o de fixar bem no espírito que num dia de baile a vossa amante não vos pertence.

No momento em que principia o vestir, o amante é apenas um marido, e o baile é que se torna o amante.

E, de resto, toda gente sabe o que ganha um marido em querer fazer-se amar à força; aceitai pois o vosso mal com paciência e riso.

E não tenhais ilusões, meu caro senhor: se vos veem com prazer no baile, não é na vossa qualidade de amante, uma vez que sois um marido; é porque fazeis parte do baile e sois, consequentemente, uma fração de sua nova conquista; sois um decimal de amante; ou, então, será talvez porque dançais bem e a fazeis brilhar: enfim, o que pode haver de mais lisonjeiro para vós no bom acolhimento que ela vos dê, é que ela espera que, declarando ser seu amante um homem de mérito como sois, há de excitar o ciúme de suas companheiras; sem esta consideração, ela nem sequer vos olharia.

Fique isto, pois, bem entendido: é necessário que vos resigneis esperando que passe o vosso papel de marido. — Conheço muitos que se dariam por satisfeitos com tão pouco.

XXXVI

Prometi um diálogo entre a minha alma e *a outra*; mas há certos capítulos que me escapam, ou antes, há outros que correm da minha pena como contra a minha vontade, e que transtornam os meus projetos: um destes é o da minha biblioteca, que farei o mais curto possível — vão acabar os quarenta e dois dias, e não seria suficiente um espaço de tempo igual a este para completar a descrição do rico país onde viajo tão agradavelmente.

A minha biblioteca, pois, é composta de romances, já que tenho de dizê-lo — sim, de romances, e de alguns poetas escolhidos.

Como se não me bastassem os meus males, ainda partilho voluntariamente os de mil pessoas imaginárias, e os sinto com tanta intensidade como os meus próprios: quantas lágrimas não derramei por motivo daquela infeliz Clarisse e pelo apaixonado de Carlota!

Mas, se procuro desse modo aflições fingidas, em compensação encontro, nesse mundo imaginário, virtude, bondade e desinteresse como ainda não achei reunidos no mundo real em que existo. — Aí encontro uma mulher como desejo, sem caprichos, sem leviandade, sem malícia: de beleza não digo nada; pode-se confiar na minha imaginação: faço-a tão formosa que não há mais nada que se possa dizer. Depois, fechando o livro, que já não corresponde às minhas ideias, pego-a pela mão, e percorremos juntos um país mil vezes mais delicioso do que o Éden. Que pintor poderia representar a paisagem encantada onde coloquei a divindade do meu coração? E que poeta poderá jamais descrever as sensações vivas e diversas que tenho nessas regiões encantadas?

Quantas vezes não amaldiçoei esse Cleveland, que a todo instante embarca em novas desgraças perfeitamente evitáveis! Não posso aturar esse livro, nem esse encadeamento de calamidades; mas, se acontece de abri-lo por distração, hei de devorá-lo até o fim.

Como deixar esse pobre homem entre os Abaquis? Que havia de ser dele com esses selvagens? Ainda menos me atrevo a abandoná-lo na excursão que faz para sair do cativeiro.

Finalmente, entro de tal forma nas suas penas, interesso-me tanto por ele e pela sua infeliz família, que a aparição inesperada dos ferozes Ruintons me faz arrepiar os cabelos: cobre-me um suor frio quando leio essa passagem, e o meu temor é tão vivo, tão real como se eu próprio estivesse para ser assado e comido por aquela canalha.

Quando tenho chorado e amado bastante, procuro um poeta qualquer e parto de novo para outro mundo.

XXXVII

Desde a expedição dos argonautas até a assembleia dos notáveis, desde o mais profundo dos infernos até a última estrela fixa para lá da Via-Láctea, até os confins do universo, até as portas do caos, eis o vasto campo por onde passeio de um lado para outro, e muito à vontade; pois o tempo não me falta mais que o espaço. É para lá que transporto a minha existência, seguindo Homero, Milton, Virgílio, Ossian, etc.

Todos os acontecimentos que tiveram lugar entre essas duas épocas, todos os países, todos os mundos e todos os seres que têm existido entre esses dois termos, tudo isso é meu, tudo isso me pertence tão bem, tão legitimamente como os navios que entravam no Pireu pertenciam a um certo ateniense.

Gosto, sobretudo, dos poetas que me transportam para a mais alta Antiguidade: a morte do ambicioso Agamenon, os furores de Orestes e toda a história trágica da família dos Atridas, perseguida pelo céu, me inspiram um terror que os acontecimentos modernos não poderiam despertar-me.

Eis a urna fatal que contém as cinzas de Orestes. Quem não estremeceria diante dela? Electra! Infeliz irmã, tranquiliza-te: é o próprio Orestes quem traz a urna, e as cinzas são as dos seus inimigos.

Já não se encontram hoje margens semelhantes às do Xanto ou do Scamandro; já não se veem planícies como as de Hespéria ou da Arcádia. Onde estão hoje as ilhas de Lenos e de Creta? Onde é o famoso labirinto? Onde é o rochedo que Ariadne abandonada renegava com suas lágrimas? —

Já não se vê Teseu, e ainda menos Hércules; os homens e até mesmo os heróis de hoje são pigmeus.

 Quando quero dar, em seguida, a mim mesmo uma cena de entusiasmo, e gozar de todas as forças da minha imaginação, seguro-me atrevidamente às pregas da túnica flutuante do sublime cego de Albion, no momento em que ele entra pelo céu e ousa aproximar-se do trono do Eterno — que musa pode sustentá-lo nessa altura, para onde nenhum homem antes dele tinha ousado levantar os seus olhares? Do deslumbrante pavimento celeste que o avarento Mammon encarava com olhos de inveja, passo com horror para as vastas cavernas da morada de Satanás; assisto ao conselho infernal, envolvo-me com a multidão dos espíritos rebeldes, e ouço os seus discursos.

 Mas preciso confessar aqui uma fraqueza que muitas vezes a mim próprio tenho reprovado.

 Não posso deixar de manifestar certo interesse por esse pobre Satanás (falo do Satanás de Milton), depois que ele é assim precipitado do céu. Ao mesmo tempo que censuro a teimosia do espírito rebelde, confesso que a firmeza que ele mostra no excesso da desgraça e a grandeza da sua coragem me obrigam a admirá-lo. Apesar de eu não conhecer as desgraças derivadas da funesta empresa que o levou a forçar as portas do inferno para vir perturbar o sossego de nossos primeiros pais, não posso, por mais que faça, desejar nem por um momento vê-lo perecer no caminho, na confusão do caos. Creio até que o ajudaria com gosto, se não fosse a vergonha que me retém. Sigo todos os seus movimentos, e encontro tanto prazer em viajar com ele como se fosse na melhor companhia. Por mais que reflita que, no fim das contas, é um diabo, que está a caminho para perder o gênero humano, que é um verdadeiro democrata, não dos de Atenas, mas de Paris, nada disso me pode curar da minha prevenção.

Que vasto projeto! E que arrojo na sua execução!

Quando as espaçosas e triplas portas dos infernos se abriram de repente diante dele, e o profundo fosso do nada e da noite lhe apareceu aos pés em todo o seu horror, percorreu com olhar intrépido o sombrio império do caos; e, sem hesitar, abrindo as vastas asas, que teriam podido cobrir um exército inteiro, precipitou-se no abismo.

Desafio o homem mais audacioso a fazer o mesmo. — E isso é, no meu entender, um dos mais belos esforços da imaginação e, ao mesmo tempo, uma das mais belas viagens que têm sido feitas — depois da viagem à roda do meu quarto.

XXXVIII

Não acabaria nunca se quisesse descrever a milésima parte dos acontecimentos singulares que me sucedem quando viajo próximo da minha biblioteca; as viagens de Cook e as observações dos seus companheiros de viagem, os doutores Banks e Solander, não são nada em comparação com as minhas aventuras neste único distrito: desse modo, creio que passaria a minha vida numa espécie de arrebatamento, se não fosse o busto de que falei, sobre o qual os meus olhos e os meus pensamentos acabam sempre por se fixar, qualquer que seja a situação da minha alma; e, quando esta é agitada com excessiva violência ou se abandona ao desalento, não preciso mais do que olhar para esse busto e logo ela entra nos seus eixos normais: é o *diapasão* pelo qual afino o conjunto variável e discordante de sensações e de percepções que forma a minha existência.

Como está parecido! — são exatamente as feições que a natureza tinha dado ao mais virtuoso dos homens. Ah!, se o escultor tivesse podido tornar visíveis a sua alma excelente, o seu gênio e o seu caráter! — Mas, que tentei eu? É este porventura o lugar para fazer o seu elogio? É aos homens que me cercam que o estou dirigindo? Mas o que se importam com isso?

Contento-me em me prostrar diante da tua imagem querida, tu, o melhor dos pais! Ah! Esta imagem é tudo que me resta de ti e da minha pátria: abandonaste a terra no momento em que o crime ia invadi-la; e tais são os males com que ele nos oprime, que a tua própria família é constrangida a considerar hoje a tua perda como um benefício. Quantos males te faria sofrer uma vida mais longa! Ó meu pai! Acaso conhecerás na mansão da felicidade a sorte de tua numerosa família? Saberás que os teus filhos estão exilados dessa pátria que serviste durante sessenta anos com tanto zelo e integridade? Saberás que lhes é proibido visitarem a tua sepultura? — Mas a tirania não pode tirar-lhes a parte mais preciosa da tua herança: a recordação das tuas virtudes e a força dos teus exemplos: no meio da torrente criminosa que arrastava a sua pátria e a sua fortuna para o abismo, conservam-se eles inalteravelmente unidos na linha que lhes havias traçado; e, quando puderem algum dia prostrar-se sobre as tuas cinzas veneradas, estas sempre os reconhecerão.

XXXIX

Prometi um diálogo, cumpro a palavra. — Era de manhã, ao romper do dia: os raios do sol douravam ao mesmo tempo o cimo do Monte Viso e o das montanhas mais elevadas da ilha que está aos nossos antípodas; e já ela estava acordada, quer o seu despertar prematuro fosse efeito das visões noturnas que a põem muitas vezes numa agitação tão fatigante como inútil, quer o Carnaval, que se aproximava então do término, fosse a causa oculta do seu despertar, por ter esse tempo de prazer e de loucura uma influência sobre a máquina humana como as fases da Lua e a conjunção de certos planetas. — Enfim, estava ela acordada, e bem acordada, quando a minha alma se desembaraçou por si mesma dos laços do sono.

Havia muito tempo que esta partilhava confusamente das sensações da *outra;* mas estava ainda embaraçada nos crepes da noite e do sono; e esses crepes pareciam-lhe transformados em gazes, em cambraias, em tules. — A minha pobre alma estava, pois, como que empacotada em todo esse aparato; e o deus do sono, para retê-la com mais força no seu império, acrescentava aos seus liames tranças de cabelos louros em desordem, laços de fitas, colares de pérolas: daria dó a quem a visse debater-se em tais redes.

A agitação da parte mais nobre de mim mesmo comunicava-se à *outra,* e esta por sua vez atuava poderosamente sobre a minha alma. Eu tinha chegado por inteiro a um estado difícil de descrever, quando por fim a minha alma, por sagacidade ou por acaso, achou modo de se livrar das gazes que a sufocavam.

Não sei se encontrou alguma abertura, ou se deliberou simplesmente levantá-las, o que é mais natural; o fato é que achou a saída do labirinto. As tranças de cabelos em desordem continuavam a estar lá; mas não eram já um *obstáculo,* eram antes um *meio*: a minha alma agarrou-o, como um homem que se afoga agarra-se às ervas das margens; mas o colar de pérolas partiu-se na ação, e estas, soltando-se, rolaram sobre o sofá e daí para o soalho de madame de Hautcastel; pois a minha alma, por uma extravagância que seria difícil explicar, imaginava-se em casa desta dama; um grande ramo de violetas caiu ao solo, e a minha alma, acordando então, entrou em si, trazendo em sua companhia a razão e a realidade. Como bem se imagina, desaprovou com energia tudo o que se havia passado na sua ausência, e é aqui que principia o diálogo que constitui o assunto deste capítulo.

Nunca a minha alma tinha sido tão mal recebida. As censuras que ela se lembrou de fazer nesse momento crítico acabaram de indispor o casal: foi uma revolta, uma insurreição declarada.

"O quê!", disse a minha alma, "é deste modo que durante a minha ausência, em vez de reparardes as vossas forças com um sono pacífico, tornando-vos desse modo mais própria para executar as minhas ordens, vos lembrais *insolentemente* (o termo era um pouco forte) de vos entregardes a transportes que a minha vontade não sancionou?"

Pouco acostumada a esse tom de altivez, *a outra* respondeu-lhe encolerizada:

"Assenta-vos perfeitamente, Senhora (para afastar da discussão toda ideia de familiaridade), assenta-vos perfeitamente esse ar que estais aparentando de decência e de virtude! Pois não será talvez aos desvarios da vossa imaginação e às vossas ideias extravagantes que devo tudo quanto vos desagrada em mim? Por que vos tínheis ausentado? — por que havíeis de ter o direito de gozar sem mim, nas frequentes viagens que fazíeis sozinha? Desaprovei alguma vez as vossas sessões no empíreo ou nos Campos Elíseos, as vossas conversações com as inteligências, as vossas especulações profundas (um bocado de ironia, como se vê), os vossos castelos na Espanha, os vossos sistemas sublimes? E não havia eu de ter o direito, quando me abandonas assim, de gozar dos benefícios que me concede a natureza e dos prazeres que ela me apresenta?"

A minha alma, surpresa com tanta vivacidade e eloquência, não sabia o que responder. — Para acomodar a questão, tentou cobrir com o véu da benevolência as censuras que ela acabava de se permitir; e, a fim de não parecer que dava os primeiros passos para a reconciliação, imaginou tomar também o tom da cerimônia: "Senhora", disse ela por sua vez com afetada cordialidade... (se o leitor achou esta palavra deslocada quando dirigida à minha alma, que dirá ele agora, por pouco que queira lembrar-se do assunto da discussão? — A minha alma não sentiu o extremo ridículo deste modo de falar, tal é o ponto a que a paixão obscurece a inteligência!). "Senhora, disse ela pois, asseguro-vos que nada me daria tanto gosto como ver-vos gozar de todos os prazeres de que a vossa natureza é suscetível, mesmo quando eu não participasse deles, se esses prazeres não fossem nocivos e se não alterassem a harmonia que..." Aqui a minha alma foi interrompida com vivacidade: "Não, não, não me deixarei iludir por essa suposta benevolência: a permanência forçada que temos juntas neste quarto onde viajamos; a ferida que recebi e que esteve a ponto de me destruir, e que ainda sangra; não é tudo isso fruto do vosso orgulho extravagante e dos vossos bárbaros preconceitos? O meu bem-estar e até a minha existência são consideradas coisas sem valor quando as vossas paixões vos arrastam, e tendes a pretensão de que vos interessais por mim, e de que as vossas censuras provêm da amizade!"

A minha alma viu bem que não desempenhava o melhor papel nessa ocasião: começava, além disso, a perceber que o calor da discussão tinha suprimido a sua causa, e aproveitando a circunstância para fazer uma diversão: *"Faz-me um pouco de café"*, disse ela a Joannetti, que entrava no quarto. — O barulho das xícaras atraindo toda a atenção da *insurgente*, no mesmo instante ela esqueceu tudo o mais. É desse modo que, mostrando um brinquedo às crianças, se lhes faz esquecer os frutos nocivos que estão pedindo teimosamente.

Fui adormecendo insensivelmente, enquanto a água fervia — gozava aquele prazer delicioso de que já falei aos meus leitores, e que se experimenta quando a gente se sente dormir. O barulho agradável que Joannetti fazia mexendo na cafeteira repercutia no meu cérebro, e fazia vibrar todas as minhas fibras sensitivas, como a vibração da corda de uma harpa faz ressoar as oitavas. Finalmente, vi como que uma sombra diante de mim, abri os olhos, era Joannetti. Ah!, que perfume! Que agradável surpresa! Café! Leite! Uma pirâmide de pão torrado! Bom leitor, almoça comigo.

XL

Que rico tesouro de gozos distribuiu a boa natureza aos homens cujo coração sabe gozar, e que variedade há nesses gozos! Quem poderá contar as suas gradações inúmeras nos diversos indivíduos e nas diferentes idades da vida? A lembrança confusa dos da minha infância faz-me ainda palpitar. Tentarei eu pintar o que sente o homem jovem cujo coração começa a queimar com todos os fogos do sentimento? Nessa idade feliz, em que se ignora até o nome do interesse, da ambição, do ódio e de todas as paixões vergonhosas que degradam e atormentam a humanidade; durante essa idade, ah!, extremamente curta, o Sol brilha com um esplendor que nunca mais se lhe encontra em todo o resto da vida. O ar é mais puro; as fontes são mais límpidas e mais frescas; a natureza tem aspectos, os bosques têm atalhos que nunca mais se tornam a achar na idade madura. Deus!, que perfumes enviam essas flores! Como esses frutos são deliciosos!

Com que cores se adorna a aurora! — Todas as mulheres são amáveis e fiéis; todos os homens são bons, generosos e sensíveis: por toda parte se encontram a cordialidade, a franqueza e o desinteresse; não existem na natureza senão flores, virtudes e prazeres.

Pois não inundam o nosso coração de sensações tão vivas como variadas, a perturbação do amor, a esperança da felicidade?

O espetáculo da natureza e a sua contemplação no conjunto e nos pormenores abrem diante da razão uma carreira imensa de prazeres. Em breve, a imaginação, pairando sobre este oceano de alegrias, aumenta-lhe o número e a intensidade; as sensações diversas unem-se e combinam-se para formarem outras novas; os sonhos da glória entrelaçam-se com as palpitações do amor; a beneficência caminha ao lado do amor-próprio que lhe estende a mão; a melancolia vem de tempo em tempo lançar sobre nós o seu crepe solene, e transformar as nossas lágrimas em prazer. Enfim, as percepções do espírito, as sensações do coração, as próprias recordações dos sentidos são para o homem fontes inesgotáveis de prazer e de felicidade — que ninguém se admire de que o barulho feito por Joannetti ao bater com a cafeteira na lareira e o aspecto imprevisto de uma chávena de leite tenham causado em mim uma impressão tão viva e agradável.

XLI

Vesti imediatamente o meu *roupão de viagem*, depois de o ter examinado com um olhar complacente; e foi então que resolvi fazer um capítulo *ad hoc*, a fim de o tornar conhecido do leitor. A forma e a utilidade desses roupões são geralmente conhecidas, e por isso tratarei com mais particularidade da influência deles sobre o espírito dos viajantes. — O meu roupão de viagem para o inverno é feito do pano mais quente e macio que me foi possível encontrar; envolve-me completamente da cabeça aos pés; e quando estou na minha poltrona, com as mãos nos bolsos e a cabeça mergulhada na gola do roupão, pareço a estátua de Vishnu sem pés e sem mãos que se vê nos pagodes das Índias.

Será acusada, se se quiser, de preconceito a influência que atribuo aos roupões de viagem sobre os viajantes; o que posso dizer com certeza a esse respeito é que pareceria tão ridículo adiantar um só passo na minha viagem à roda do meu quarto vestido de uniforme e espada quanto sair e aparecer na sociedade em roupão. Quando me vejo assim vestido, segundo todos os rigores da pragmática, não só me seria impossível continuar minha viagem, mas creio até que não estaria em condições de ler o que até agora escrevi, e menos ainda de o entender.

Mas isso vos admira? Não se veem todos os dias pessoas que se imaginam doentes porque têm a barba crescida, ou porque alguém se lembra de lhes achar com ar doentio e dizê-lo? A vestimenta tem tanta influência sobre o espírito dos homens que há valetudinários que se sentem muito melhor quando se veem de casaca nova e peruca empoada: veem-se muitos que assim enganam o público e a si mesmos com um enfeite permanente — morrem numa bela manhã muito bem penteados, e sua morte espanta toda a gente.

Esqueciam-se algumas vezes de avisar com muitos dias de antecedência o conde de... de que ele devia montar guarda: um cabo ia acordá-lo de manhã cedo no próprio dia do serviço e lhe anunciava esta triste notícia; mas a ideia de se levantar imediatamente, de calçar as polainas e de sair assim sem o ter sabido de véspera incomodava-o tanto que ele preferia mandar dizer que estava doente e não sair de casa. Vestia, portanto, o seu roupão e mandava embora o cabeleireiro; isto lhe dava um aspecto abatido, doente, que alarmava a sua mulher e toda a sua família — ele mesmo, realmente, se achava *um pouco debilitado* naquele dia.

Dizia isso a todos os que o iam ver, um pouco para alimentar a história, um pouco também porque chegava a estar convencido do que dizia — insensivelmente, a influência do roupão estava operando: os caldos que tinha tomado, quer sim, quer não, causavam-lhe náuseas; em breve os parentes e os amigos mandavam saber notícias; não era preciso mais para colocá-lo na cama.

À noite, o doutor Ranson achava-lhe o pulso *concentrado*, e ordenava uma sangria para o dia seguinte. Se o serviço durasse mais um mês, estava perdido o doente.

Quem poderia duvidar da influência dos roupões de viagem sobre os viajantes, ao se refletir que o pobre conde de... pensou mais de uma vez que, por ter vestido fora de propósito o seu roupão neste mundo, ia acabar fazendo a viagem para o outro?

XLII

Eu estava sentado perto da minha lareira depois do jantar, embrulhado no meu *roupão de viagem* e entregue voluntariamente a toda a sua influência, esperando a hora da partida, quando os vapores da digestão, subindo-me até o cérebro, obstruíram de tal modo as passagens pelas quais as ideias para lá se dirigiam vindo dos sentidos, que todas as comunicações se acharam interceptadas; e, do mesmo modo que os meus sentidos não transmitiam já nenhuma ideia ao meu cérebro, este por sua vez já não podia enviar o fluido elétrico que os anima e com o qual o engenhoso doutor Valli ressuscita rãs mortas.

Concebe-se facilmente, depois de ter lido este preâmbulo, o motivo pelo qual a minha cabeça me caiu sobre o peito, e como os músculos do polegar e do indicador da mão direita, não sendo mais irritados por aquele fluido, afrouxaram a ponto de um volume das obras do marquês Caraccioli, que eu tinha apertado entre estes dois dedos, deslizar por eles sem eu perceber e cair ao fogo.

Tinha acabado de receber umas visitas, e a minha conversa com elas tinha se estendido sobre a morte do famoso médico Cigna, que morrera havia pouco, e que era universalmente lamentado: era sábio, laborioso, bom físico e famoso botânico. — O mérito desse homem hábil ocupava o meu pensamento; e, entretanto, eu me dizia que se me fosse permitido evocar a alma de todos os que ele pode ter feito passar deste para o outro mundo, quem sabe se a sua reputação não sofreria algum revés?

Encaminhava-me insensivelmente para uma dissertação sobre a medicina e sobre os progressos que ela fez desde Hipócrates — perguntava a mim mesmo se os personagens famosos da Antiguidade que morreram em suas camas, como Péricles, Platão, a célebre Aspásia e o próprio Hipócrates, tinham morrido como gente vulgar, de uma febre pútrida, inflamatória ou verminosa; se tinham sido sangrados e atulhados de remédios.

Dizer o motivo pelo qual eu pensava nesses quatro personagens em vez de outros não me seria possível de modo algum — quem pode explicar um sonho? Tudo o que posso dizer é que foi a minha alma que evocou o doutor de Cós, o de Turim e o famoso homem de Estado que fez tão belas coisas e tão grandes erros.

Mas, quanto à sua elegante amiga, confesso humildemente que foi *a outra* quem a chamou. Contudo, quando penso nisso tenho a tentação de sentir um pequeno movimento de orgulho; porque é claro que neste sonho a balança a favor da razão estava em quatro contra um — é muito para um militar da minha idade.

Como quer que seja, enquanto me entregava a estas reflexões os meus olhos acabaram de se fechar, e adormeci profundamente; mas, fechando os olhos, a imagem dos personagens nos quais tinha pensado ficou pintada naquela finíssima tela a que se chama *memória,* e essa imagem, misturando-se no meu cérebro com a ideia da evocação dos mortos, fez que eu visse dentro em pouco chegarem em fila Hipócrates, Platão, Péricles, Aspásia e o doutor Cigna, com a sua peruca.

Vi todos sentarem-se em assentos ainda perfilados ao redor do fogo; só Péricles ficou de pé para ler os jornais.

"Se as descobertas de que me falais fossem verdadeiras", dizia Hipócrates ao doutor, "e se tivessem sido tão úteis à medicina como pretendeis, eu teria visto diminuir o número dos homens que descem todos os dias ao reino sombrio, e cujo inventário comum, segundo os registros de Minos que pessoalmente verifiquei, é constantemente a mesma de outrora."

O doutor Cigna voltou-se para mim: "Aparentemente, ouvistes falar nestas descobertas?", disse-me ele. "Conheceis a de Harvey sobre a circulação do sangue; a do imortal Spallanzani sobre digestão, de que presentemente conhecemos todo o mecanismo?" Fez uma longa enumeração de todas as descobertas que se referem à medicina, e da infinidade de remédios que se devem à química; finalmente, fez um discurso acadêmico a favor da medicina moderna.

"Poderei eu acreditar", respondi-lhe, "que estes grandes homens ignoram tudo quanto acabais de lhes dizer, e que as suas almas, livres das prisões da matéria, encontram ainda alguma coisa obscura em toda a natureza?" "Ah!, que erro o vosso!", exclamou o *protomédico* do Peloponeso. "Os mistérios da natureza são tão ocultos para os mortos como para os vivos.

Aquele que criou e que dirige tudo é o único a saber o grande segredo a que os homens em vão pretendem chegar: eis o que sabemos de certo sobre as margens do Estige; e, acreditai-me", acrescentou ele, dirigindo a palavra ao doutor, "despojai-vos desse resto de *esprit de corps* que trouxestes da mansão dos mortais; e já que os trabalhos de mil gerações e todas as descobertas dos homens não puderam alongar por um só instante a sua existência; já que Caronte passa todos os dias na sua barca com uma quantidade igual de sombras, não nos fatiguemos mais defendendo uma arte que, entre os mortos lá onde estamos, nem mesmo aos médicos seria útil." Assim falou o famoso Hipócrates, para grande espanto meu.

O doutor Cigna sorriu; e, como os espíritos não podem recusar-se à evidência nem calar a verdade, não somente foi da opinião de Hipócrates como confessou, ele próprio, corando à maneira das inteligências, que sempre esteve em dúvida no assunto.

Péricles, que havia se aproximado da janela, soltou um profundo suspiro, cuja causa adivinhei. Estava lendo um número do *Monitor* que anunciava a decadência das artes e das ciências; via sábios ilustres deixarem as suas especulações sublimes para inventar novos crimes; e estremecia ouvindo uma horda de canibais que se comparavam com os heróis da generosa Grécia, fazendo perecer no cadafalso, sem vergonha e sem remorso, velhos veneráveis, mulheres, crianças, e cometendo a sangue-frio os crimes mais atrozes e mais inúteis.

Platão, que sem nada dizer tinha ouvido a nossa conversa, vendo-a terminada de um modo inesperado, tomou então a palavra: "Compreendo", disse-nos ele, "como as descobertas feitas pelos vossos grandes homens em todos os ramos da física são inúteis para a medicina, que não poderá nunca mudar o curso da natureza senão à custa da vida dos homens; mas não sucederá o mesmo, aparentemente, às investigações que se tem feito em política. As descobertas de Locke sobre a natureza do espírito humano, a invenção da imprensa, as observações acumuladas pelo estudo da história, tantos livros profundos que têm espalhado a ciência entre o povo — tantas maravilhas finalmente hão de ter, sem dúvida, contribuído para tornar melhores os homens, e essa república feliz e sensata que eu tinha imaginado, e que o século em que eu vivia me tinha feito considerar um sonho impraticável, sem dúvida existirá hoje no mundo?" A esta pergunta, o honesto doutor baixou os olhos e apenas respondeu com lágrimas; depois, ao passo que as enxugava com o seu lenço, fez involuntariamente rodar a peruca, de modo que lhe ficou tapada uma parte da cara. "Deuses mortais", disse Aspásia, soltando um grito penetrante, "que estranha figura! Com que então, foi uma descoberta de vossos grandes homens que vos fez imaginar pentear-vos assim com um crânio alheio?"

Aspásia, a quem as dissertações dos filósofos faziam bocejar, tinha apanhado um jornal de modas que estava sobre a lareira e folheava-o havia algum tempo, quando a peruca do médico a fez soltar esta exclamação; e, como o assento estreito e vacilante em que se sentava lhe causasse muito incômodo, tinha posto sem cerimônia as duas pernas nuas, ornadas de tiras, sobre a cadeira de palha que estava entre ela e eu, e apoiava um cotovelo sobre um dos largos ombros de Platão.

"Não é um crânio", respondeu-lhe o doutor, pegando a peruca a atirando-a ao fogo, "é uma peruca, senhorita, e não sei dizer por que não atirei este ridículo adorno às chamas do Tártaro quando cheguei entre vós: mas os ridículos e os preconceitos são tão inerentes à nossa miserável natureza que nos seguem ainda por algum tempo ao além-túmulo." Eu tinha um prazer especial em ver o doutor abjurar assim, ao mesmo tempo, a sua medicina e a sua peruca.

"Asseguro-lhe, doutor", disse-lhe Aspásia, "que a maior parte dos penteados que estão representados no caderno que estou folheando merecia a mesma sorte da sua peruca, tão extravagantes eles são!" A formosa ateniense divertia-se extremamente a percorrer aquelas estampas, e admirava-se com razão da variedade e da extravagância dos enfeites modernos. Uma figura entre outras impressionou-a: era uma jovem representada com um penteado muito elegante, e que Aspásia achou simplesmente um pouco alto demais; mas a peça de gaze que lhe cobria o pescoço era de uma amplidão tão extraordinária que apenas se lhe divisava metade do rosto. Aspásia, não sabendo que essas formas prodigiosas eram apenas obra do amido, não pôde eximir-se de testemunhar um espanto que teria redobrado em sentido inverso se a gaze fosse transparente.

"Mas, explicai-nos", disse ela, "por que é que as mulheres de hoje parecem antes ter roupa para se esconder que para vestir: apenas deixam ver a cara, e apenas por ela se lhes pode reconhecer o sexo, tão desfiguradas são as formas do seu corpo pelas pregas extraordinárias dos estofos! De todas as figuras que estão representadas nestas folhas, nenhuma deixa a descoberto o peito, os braços e as pernas: como é que os vossos jovens guerreiros não tentaram ainda destruir semelhante costume? Aparentemente", acrescentou ela, "a virtude das mulheres de hoje, que se mostra em todo o seu vestuário, excede muito a das minhas contemporâneas?" Acabando de dizer estas palavras, Aspásia olhava para mim e parecia me pedir uma resposta. Fingi não perceber, e para tomar um ar distinto impeli para cima das brasas, com as tenazes, os restos da peruca do doutor que tinham escapado ao fogo. — Percebendo, em seguida, que uma das fitas que ligavam o borzeguim de Aspásia estava desatada: "Permiti-me, formosíssima senhora"; e, assim falando, baixei-me com presteza, estendendo as mãos para a cadeira onde julgava estar vendo aquelas duas pernas que fizeram outrora perder a cabeça a grandes filósofos.

Estou convencido de que nesse momento fora atacado de verdadeiro sonambulismo, porque o movimento de que estou falando foi muito real; mas Rosina, que efetivamente descansava em cima da cadeira, tomou esse movimento para si e, saltando com rapidez para os meus braços, tornou a mergulhar nos infernos as sombras famosas evocadas pelo meu roupão de viagem.

Encantador país da imaginação, tu que o Ser benfazejo por excelência entregou aos homens para os consolar da realidade, é preciso deixar-te — é hoje que certas pessoas de quem dependo pretendem restituir-me à liberdade. Como se me a tivessem tirado! Como se estivesse no seu poder arrebatá-la de mim um só instante, e impedir-me de percorrer à minha vontade o vasto espaço sempre aberto diante de mim! — Proibiram-me de percorrer uma cidade, um ponto; mas deixaram-me o universo inteiro: a imensidade e a eternidade estão às minhas ordens.

É hoje, portanto, que fico livre, ou antes, que volto a ser metido em ferros! Vai de novo pesar sobre mim o jugo dos negócios, não darei mais um passo que não seja medido pelas conveniências e pelo dever. E muito feliz serei, se nenhuma deusa caprichosa me fizer esquecer aquelas ou este, e se puder escapar a este novo e perigoso cativeiro!

Mas por que não me deixariam terminar a minha viagem? Foi então para me castigar que me confinaram no meu quarto — nesta região deliciosa que encerra todos os bens e todas as riquezas do mundo? Foi o mesmo que se degredassem um rato para um celeiro.

Contudo, nunca percebi com mais clareza que sou *duplo*. — Enquanto lastimo a perda dos meus gozos imaginários, sinto-me consolado pela força: arrasta-me um poder secreto; diz-me ele que tenho necessidade do ar do céu, e que a solidão se parece com a morte. — Eis-me vestido e preparado; abre-se a minha porta; eu erro sob os espaçosos pórticos da rua do Pó; mil fantasmas agradáveis volteiam diante de meus olhos. Sim, vejo bem esta casa — esta porta, esta escada —; estou tremendo de antemão.

É desse modo que se prova um antegosto ácido, quando se corta um limão para comê-lo.

Ó minha besta, minha pobre besta, toma conta de ti!

Expedição noturna
à roda do meu quarto

I

Para lançar algum interesse sobre o novo quarto em que fiz uma expedição noturna, devo explicar aos curiosos o modo como ele me coube em partilha. Continuamente distraído das minhas ocupações na casa barulhenta em que morava, havia muito que eu procurava na vizinhança um retiro mais solitário, quando, um dia, percorrendo uma nota biográfica acerca do senhor de Buffon, li que esse homem célebre tinha escolhido nos seus jardins um pavilhão isolado, que não continha nenhum outro móvel além da poltrona e da secretária em que escrevia, nem outra obra além do manuscrito em que trabalhava.

As quimeras em que me ocupo oferecem um confronto tão disparatado com os trabalhos imortais do senhor de Buffon que a ideia de imitá-lo, mesmo neste ponto, nunca me teria passado pelo espírito, se não fosse um acidente que me determinou. Um criado, limpando os móveis, julgou ver muita poeira num quadro pintado a pastel que eu tinha concluído havia pouco, e limpou-o tão bem com um pano, que efetivamente conseguiu desembaraçá-lo de todo o pó que eu ali havia disposto com muito cuidado. Depois de ter-me irritado extremamente com esse homem, que estava ausente, e de não lhe ter dito nada quando ele voltou, segundo o meu costume, pus-me imediatamente em campo, e voltei para casa com a chave de um pequeno quarto que tinha alugado num quinto andar da rua da Providência. No mesmo dia mandei transportar para esse quarto os materiais das minhas ocupações favoritas, e ali passei depois a maior parte do meu tempo, ao abrigo do barulho doméstico e dos limpadores de quadros. Decorriam as horas para mim como se fossem minutos naquele reduto isolado, e mais de uma vez os meus devaneios me fizeram esquecer, ali, a hora do jantar.

Ó doce solidão! Conheci os encantos com que inebrias os amantes. Infeliz daquele que não pode estar sozinho um dia na sua vida sem experimentar o tormento do tédio, e que prefere, se precisar, conversar com tolos a conversar consigo mesmo!

Todavia, confessarei que gosto da solidão nas grandes cidades; mas, salvo o caso de ser obrigado por qualquer circunstância grave, como uma viagem à roda do meu quarto, não quero ser eremita senão de manhã; à noite, gosto de tornar a ver caras humanas. Os inconvenientes da vida social e os da solidão destroem-se assim mutuamente, e esses dois modos de existência embelezam-se um pelo outro.

Contudo, são tais a inconstância e a fatalidade das coisas deste mundo, que a própria vivacidade dos prazeres que eu gozava na minha nova morada deveriam ter-me feito prever de quão pouca duração seriam. A Revolução Francesa, que transbordava para todos os lados, acabava de subir os Alpes e precipitava-se sobre a Itália. Fui arrastado pela primeira vaga até Bolonha. Conservei o meu eremitério, para o qual fiz transportar toda a minha mobília, até virem tempos mais felizes. Havia alguns anos que estava sem pátria, e uma bela manhã fui informado de que estava sem emprego. Depois de um ano inteiro consumido a ver homens e coisas que nada me importavam e a desejar coisas e homens que já não via, voltei para Turim. Era preciso tomar partido. Saí da Hospedaria da Boa Senhora, onde tinha desembarcado, com a intenção de devolver o pequeno quarto ao senhorio e de me desfazer dos móveis.

Ao retornar ao meu eremitério, tive sensações difíceis de descrever: tudo ali tinha conservado a ordem, isto é, a desordem em que eu o tinha deixado: os móveis amontoados junto às paredes tinham sido postos ao abrigo da poeira pela altura em que ficava o aposento; minhas penas ainda estavam no tinteiro seco, e achei em cima da mesa uma carta começada.

"Estou ainda em casa", pensei com verdadeira satisfação. Cada objeto me recordava algum acontecimento da minha vida, e todo o meu quarto estava forrado de recordações. Em vez de voltar para a hospedaria, eu resolvi passar a noite no meio das minhas propriedades. Mandei buscar a mala e fiz ao mesmo tempo o projeto de partir no dia seguinte sem me despedir nem tomar conselho de ninguém, abandonando-me sem reserva à Providência.

II

Enquanto fazia estas reflexões, glorificando-me de um plano de viagem bem combinado, corria o tempo e o meu criado não voltava. Era um homem a quem a necessidade me havia feito tomar para meu serviço havia algumas semanas, e sobre cuja fidelidade havia concebido algumas suspeitas. A ideia de que ele pudesse ter fugido com a minha mala acudiu-me de repente ao espírito e foi bastante para eu correr logo à hospedaria: não foi sem tempo. Mal eu contornava a esquina da rua onde ficava a Hospedaria da Boa Senhora, vi-o sair precipitadamente da porta, precedido de um carregador com a mala. Ele próprio carregava o meu cofre; e, em vez de se dirigir para o meu lado, encaminhou-se para a esquerda, numa direção oposta à que devia tomar. Era, pois, manifesta a sua intenção. Alcancei-o com facilidade, e sem nada lhe dizer fui andando algum tempo ao seu lado antes que ele me percebesse. Se quisessem pintar a expressão de espanto e de temor levada ao mais alto grau no rosto humano, poderia ele servir de modelo perfeito no momento em que deu por mim ao seu lado. Tive todo o vagar para fazer esse estudo; pois ele ficou tão desconcertado com a minha inesperada aparição e com a seriedade com que o estava fitando, que continuou algum tempo a caminhar comigo sem dizer palavra, como se estivéssemos passeando juntos. Por fim, balbuciou o pretexto de ter uma coisa a fazer na rua Grand-Doire; mas tornei a pô-lo no bom caminho e voltamos para casa, onde o despedi.

Foi só então que me decidi a fazer uma nova viagem no meu quarto, durante a última noite que nele devia passar, e no mesmo instante me ocupei com os preparativos.

III

Havia muito tempo que eu desejava tornar a ver o país que outrora tinha percorrido tão deliciosamente, e cuja descrição não parecia completa. Alguns amigos que a conheceram solicitavam-me que a continuasse, e sem dúvida a isso me teria decidido mais cedo se não tivesse estado separado dos meus companheiros de viagem. Voltava saudoso à minha carreira. Ai de mim!, voltava sozinho. Ia viajar sem o meu querido Joannetti e sem a amável Rosina. Até o meu primeiro quarto tinha sofrido a mais desastrosa revolução; que digo eu! Não existia já, o seu recinto fazia então parte de um horrível casebre enegrecido pelas chamas, e todas as invenções mortíferas da guerra se tinham reunido para destruí-lo de alto a baixo.[4] A parede onde estivera pregado o retrato de madame de Hautcastel fora atravessada por uma bomba. Enfim, se por felicidade eu não tivesse feito a minha viagem antes dessa catástrofe, os sábios dos nossos dias nunca teriam tido conhecimento daquele quarto notável. Do mesmo modo, sem as observações de Hiparco, ignorariam hoje que existiu outrora uma

---
4. Esse quarto ficava na cidade de Turim, e esta nova viagem foi feita pouco tempo depois de a cidade ser tomada pelos austro-russos.

estrela a mais nas Plêiades, estrela que desapareceu depois desse famoso astrônomo.

Forçado pelas circunstâncias, tinha eu já abandonado havia algum tempo o meu quarto e transportado para outro ponto os meus penates. Dirão que a desgraça não é grande. Mas como substituir Joannetti e Rosina? Ah!, isso não é possível. Joannetti se me tornara tão necessário que a sua perda nunca será reparada para mim. Quem pode, de resto, gabar-se de viver sempre com as pessoas que estima? Semelhantes aos enxames de mosquitos que se veem redemoinhar nos ares durante as noites de verão, os homens se encontram por acaso e por bem pouco tempo. E muito felizes são se, no seu movimento rápido, tão destros como os mosquitos, não quebram as cabeças de encontro uns aos outros!

Uma noite, estava me deitando. Joannetti servia-me com o seu zelo costumeiro, e parecia até mais atento. Quando levou a luz, lancei os olhos sobre ele e vi uma alteração bem pronunciada na sua fisionomia. Deveria supor, no entanto, que o pobre Joannetti me servia pela última vez? Não conservarei o leitor numa incerteza mais cruel do que a verdade. Prefiro dizer-lhe sem rodeios que Joannetti casou nessa mesma noite, e que me deixou no dia seguinte.

Mas que não o acusem de ingratidão por ter abandonado seu amo tão bruscamente. Havia muito tempo que lhe conhecia a intenção, e tinha cometido o erro de me opor. Um serviçal veio pela manhã cedo à minha casa trazer-me essa notícia, e tive tempo, antes de Joannetti me aparecer, de me zangar e de sossegar, o que lhe poupou as censuras que ele esperava. Antes de entrar no meu quarto, afetou falar alto para alguém desde o corredor, a fim de me fazer crer que não tinha medo; e, armando-se com todo o descaramento que podia entrar numa boa alma como a sua, apresentou-se com ar determinado. Vi-lhe imediatamente na cara tudo quanto se lhe passava na alma, e não lhe quis mal algum. Os maus gracejadores de hoje em dia têm de tal modo atemorizado as criaturas sobre os perigos do casamento, que um recém-casado se assemelha muitas vezes a um homem que acaba de ter uma queda espantosa sem sofrer mal algum, e que está ao mesmo tempo perturbado de medo e de satisfação, o que lhe dá um ar ridículo. Não era, pois, para admirar que as ações do meu fiel servidor se ressentissem da extravagância da sua situação.

"Com quem então estás casado, meu caro Joannetti!", disse-lhe eu rindo. Ele não se tinha precavido senão contra a minha cólera, de modo que todos os seus preparativos foram perdidos. Recaiu de repente no seu estado habitual, e talvez um pouco mais abaixo, porque se pôs a chorar. "O que quer, senhor!", disse-me ele com a voz alterada; "eu tinha dado a minha palavra". "Irra! Fizeste muito bem, meu amigo; possas estar contente com tua mulher, e, sobretudo, contigo mesmo! Possas ter filhos que se assemelhem a ti! Temos, pois, que nos separar!" "Sim, senhor; a nossa intenção é de nos irmos estabelecer em Asti." "E quando me deixas?" Neste ponto, Joannetti baixou os olhos de um modo embaraçado e respondeu dois tons mais baixo: "Minha mulher encontrou um carroceiro da terra dela que vai embora com seu carro vazio, e que parte hoje. Era uma boa ocasião; mas... entretanto... será quando o patrão quiser... embora uma ocasião destas não se torna a encontrar tão facilmente." "Mas assim, tão depressa?", disse-lhe eu. Um sentimento de saudade e de afeição misturado com uma forte dose de despeito fez-me conservar o silêncio por um momento. "Não, de modo algum", respondi-lhe com bastante dureza, "não te retenho mais; podes ir embora já neste momento, se isso te convém." Joannetti empalideceu. "Sim, vai-te embora, meu amigo, vai ter com a tua mulher; e faz sempre por seres tão bom e tão honrado para com ela como o foste para comigo." Fizemos as nossas contas; disse-lhe adeus com tristeza; ele saiu.

Aquele homem servia-me há quinze anos. Um instante separou-nos. Nunca mais o tornei a ver.

Passeando pelo meu quarto, eu refletia naquela repentina separação. Rosina tinha seguido Joannetti sem que ele percebesse. Um quarto de hora depois, abriu-se a porta; Rosina entrou. Vi a mão de Joanetti que a empurrava para dentro do quarto; a porta tornou a fechar-se, e senti o coração confranger-se... Já não entra em minha casa! Alguns minutos bastaram para tornar estranhos um ao outro dois velhos companheiros de quinze anos. Ó triste, triste condição da humanidade, não poder nunca achar um único objeto estável sobre o qual colocar a mínima das suas afeições!

IV

Rosina também vivia longe de mim então. É fora de dúvida que saberás com algum interesse, minha querida Maria, que na idade de quinze anos ela era ainda o mais amável dos animais, e que a mesma superioridade de inteligência que outrora a distinguia de toda a sua espécie lhe serviu, igualmente, para suportar o peso da velhice. Por minha vontade, não me separaria dela nunca; mas, quando se trata da sorte dos amigos, devemos consultar apenas o próprio prazer ou o próprio interesse? O interesse de Rosina era deixar a vida ambulante que levava comigo e saborear enfim, nos seus velhos dias, um repouso que o seu dono já não esperava. A sua avançada idade obrigava-me a fazê-la transportar para onde quer que eu fosse. Entendi dever conceder-lhe uma caridade. Uma religiosa beneficente encarregou-se de cuidar dela pelo resto de seus dias; e sei que nesse retiro gozou todas as vantagens que as suas boas qualidades, a sua idade e a sua reputação lhe tinham tão justamente merecido.

E, visto que tal é a natureza dos homens que a felicidade parece não ser feita para eles, visto que o amigo ofende o seu amigo sem querer, e os próprios amantes não podem viver sem questões e arrufos; visto enfim que, desde Licurgo até nossos dias, todos os legisladores têm soçobrado nos seus esforços para tornar felizes os homens, terei ao menos a consolação de ter feito a felicidade de um cão.

V

Agora que já fiz conhecer ao leitor os últimos traços da história de Joannetti e de Rosina, resta-me apenas dizer uma palavra sobre a alma e sobre a besta para estar perfeitamente quite com ele. Esses dois personagens, sobretudo o último, não desempenharão um papel tão interessante na minha viagem. Um amável viajante que seguiu a mesma carreira que eu[5] é de opinião que eles devem estar fatigados. Ah!, tem muitíssima razão. Não que a minha alma tenha perdido coisa alguma da sua atividade, pelo menos tanto quanto ela possa perceber; mas as suas relações com *a outra* mudaram. Esta não tem já a mesma vivacidade nas suas réplicas; não tem já... como hei de explicar isso!... Ia dizer a mesma presença de espírito, como se uma besta a pudesse ter! Como quer que seja, e sem entrar numa explicação embaraçosa, direi simplesmente que, arrastado pela confiança que me testemunhava a jovem Alexandrina, eu lhe tinha escrito uma carta bastante terna, quando recebi dela uma resposta polida, mas fria, que terminava por estes preciosos termos: "Tenho a certeza, senhor, que conservarei sempre para convosco os sentimentos da mais sincera estima." Justo céu!, exclamei imediatamente; eis-me perdido. Depois desse dia fatal, resolvi nunca mais sustentar o meu sistema da alma e da besta. Consequentemente, sem fazer distinção entre estes dois seres e sem os separar, fá-los-ei seguir, portanto, um ao outro, como certos mercadores às suas mercadorias, e viajarei em bloco para evitar todo inconveniente.

---

5. Refere-se ao capítulo primeiro da *Segunda viagem à roda do meu quarto*, livro escrito por um anônimo.

VI

Seria inútil falar das dimensões do meu novo quarto. Assemelha-se tanto ao primeiro que qualquer pessoa se confundiria à primeira vista se, por precaução do arquiteto, o teto não se inclinasse obliquamente para o lado da rua, e não deixasse ao telhado a direção que exigem as leis da hidráulica para o esgotamento da chuva. Recebe a luz por uma abertura única de dois pés e meio de largo por quatro de alto, elevada seis a sete pés, aproximadamente, acima do soalho, e a que se chega subindo uma pequena escada.

A elevação da minha janela acima do chão é uma dessas circunstâncias felizes que podem ser igualmente devidas ao acaso ou ao gênio do arquiteto. A luz quase perpendicular que ela derramava no meu reduto dava a este um aspecto misterioso. O antigo templo do Panteão recebe a luz quase do mesmo modo. Além disso, nenhum objeto do exterior podia distrair-me. Semelhante aos navegadores que, perdidos no vasto oceano, não veem mais que céu e mar, também eu não via mais que o céu e o meu quarto, sendo que os objetos externos mais próximos sobre os quais se podiam fixar os meus olhares eram a Lua ou a estrela da manhã; o que me colocava numa relação imediata com o céu e dava aos meus pensamentos um voo elevado que eles nunca poderiam ter se eu tivesse escolhido o meu quarto ao rés do chão.

A janela de que falei elevava-se sobre o telhado formando uma graciosa trapeira; a sua altura sobre o horizonte era tão grande que, quando os primeiros raios do sol vinham iluminá-la, ainda era escuro na rua. Desse modo, eu gozava de uma das mais deliciosas vistas que é possível imaginar. Mas o panorama mais belo cansa-nos depressa quando o vemos muitas vezes; os olhos habituam-se, e não mais o temos em consideração. A situação da minha janela preservava-me também desse inconveniente, porque eu não via nunca o magnífico espetáculo dos campos de Turim sem subir quatro ou cinco degraus, o que me proporcionava prazeres sempre vivos, porque eram parcimoniosos. Quando, fatigado, queria dar a mim mesmo uma agradável recreação, terminava o dia subindo à minha janela.

No primeiro degrau, eu não via ainda senão o céu; em breve começava a aparecer o templo colossal de Superga[6]. A colina de Turim, sobre a qual ele repousa, subia pouco a pouco diante de mim, coberta de bosques e de ricos vinhedos, oferecendo com orgulho ao sol poente os seus jardins e palácios, ao passo que as habitações simples e modestas pareciam como que esconder-se nos seus vales, para servirem de retiro aos sábios e favorecerem-lhes as meditações.

Encantadora colina! Muitas vezes, viste-me procurar os teus retiros solitários e preferir as tuas veredas afastadas aos passeios brilhantes da capital; muitas vezes, viste-me perdido nos teus labirintos de verdura, atento ao canto da cotovia matinal, o coração cheio de uma vaga inquietude e do desejo ardente de me fixar para sempre nos teus vales encantados. — Eu te saúdo, colina encantadora! Estás retratada no meu

---

6. Igreja erigida pelo rei Vítor Amadeu I, em 1706, em voto feito à Virgem para que os franceses levantassem o cerco de Turim. Serve de sepultura aos príncipes da casa de Saboia.

coração! Possa o orvalho celeste tornar, se possível, teus campos mais férteis e teus bosques mais densos! Possam teus habitantes gozar em paz a sua felicidade, e serem-lhes as tuas sombras favoráveis e salutares! Possa enfim a tua feliz terra ser sempre o doce asilo da verdadeira filosofia, da ciência modesta, da amizade sincera e hospitaleira que eu aí encontrei!

VII

Comecei a minha viagem precisamente às oito horas da noite. O tempo estava calmo e prometia uma formosa noite. Tinha tomado as minhas precauções para não ser perturbado com visitas, que são raríssimas na altura em que eu morava e sobretudo nas circunstâncias em que estava então, e para poder estar só até a meia-noite. Quatro horas bastavam amplamente para a execução da minha empresa, visto não querer fazer desta vez senão uma simples excursão à roda do meu quarto. Se a primeira viagem durou quarenta e dois dias, foi porque não esteve na minha mão torná-la mais curta. Também não me quis sujeitar a viajar muito em carruagem, como da outra vez, persuadido de que um viajante pedestre vê muitas coisas que escapam àquele que se limita à estrada. Resolvi, portanto, ir alternativamente e, segundo as circunstâncias, a pé ou a cavalo: novo método que ainda não fiz conhecer e de que em breve se há de ver a utilidade. Finalmente, resolvi tomar apontamentos no caminho, e escrever as minhas observações à medida que as fosse fazendo, para não esquecer nada.

A fim de estabelecer ordem na minha empresa, e lhe dar uma nova probabilidade de êxito, entendi que era preciso começar por compor uma epístola dedicatória e escrevê-la em verso para torná-la mais interessante. Mas duas dificuldades me embaraçaram e quase me levaram a renunciar a essa ideia, apesar de toda a vantagem que podia tirar dela. A primeira era a de saber a quem havia de dirigir a epístola; a segunda, como teria de me haver para fazer versos. Depois de ter maduramente refletido no caso, não tardei em compreender que era razoável, em primeiro lugar, fazer a minha epístola o melhor que pudesse, e procurar em seguida alguém a quem ela pudesse convir. No mesmo instante, pus mãos à obra, e trabalhei durante mais de uma hora, sem poder atinar com uma rima para o primeiro verso que tinha feito e que desejava conservar porque me parecia ter saído bastante feliz. Lembrei-me então, muito a propósito, de ter lido em qualquer parte que o célebre Pope jamais compunha algo interessante sem se obrigar a declamar muito tempo em voz alta, e a agitar-se em todos os sentidos em seu gabinete para excitar a verve. No mesmo instante, tratei de imitá-lo. Peguei as poesias de Ossian e recitei-as em voz alta passeando a grandes pernadas para me guindar até o entusiasmo.

Com efeito, vi que esse método exaltava insensivelmente a minha imaginação e me dava um sentimento secreto de capacidade poética, que teria certamente aproveitado para compor com bom êxito a minha epístola dedicatória em verso, se por desgraça não me tivesse esquecido da obliquidade do teto, cujo rápido abaixamento impediu que a minha fronte pudesse ir tão adiante quanto os meus pés na direção que eu havia tomado. Bati com tal força a cabeça naquele maldito tabique que o próprio telhado da casa estremeceu: os pardais que dormiam sobre as telhas voaram espantados, e eu, com a violência do choque, recuei três passos.

VIII

Enquanto assim passeava para excitar a minha verve, uma mulher jovem e bonita que morava no andar de baixo, espantada com o barulho que eu estava fazendo, e julgando talvez que era algum baile que se dava no meu quarto, mandou o marido informar-se da causa do ruído. Achava-me ainda atordoado com a pancada recebida quando a porta se entreabriu. Um homem idoso, de cara melancólica, avançou a cabeça e percorreu todo o quarto com seus olhares curiosos. Mas a surpresa de me ver só lhe permitiu falar: "Minha mulher está com enxaqueca, senhor", disse-me ele com expressão de zanga. "Me dê licença, portanto, para lhe observar que..." Imediatamente o interrompi, e o meu estilo ressentiu-se da elevação a que tinham chegado os meus pensamentos: "Respeitável mensageiro de minha bela vizinha", disse-lhe eu na linguagem dos bardos, "por que brilham assim os teus olhos sob os espessos cílios, como dois meteoros na floresta negra de Cromba? É a tua formosa companheira um raio de luz, e eu morreria mil vezes antes de querer perturbar o seu repouso; mas o teu aspecto, ó respeitável mensageiro!... o teu aspecto é sombrio como a abóbada mais remota da caverna de Camora, quando as nuvens acumuladas da tempestade obscureçam a face da noite e pesam sobre as campinas silenciosas de Morven".

O vizinho, que aparentemente nunca tinha lido as poesias de Ossian, tomou, fora de propósito, o acesso de entusiasmo que me animava por um acesso de loucura, e pareceu ficar bastante embaraçado. Como a minha intenção não era ofendê-lo, ofereci-lhe uma cadeira e pedi-lhe que se sentasse, mas vi que se retirava mansamente, persignando-se e dizendo a meia-voz: *"È matto, per Bacco, è matto!"*

IX

Deixei-o sair sem querer aprofundar até que ponto tinha fundamento a sua observação, e sentei-me à minha secretária para tomar nota desses acontecimentos, como sempre faço; mas, apenas tinha aberto uma gaveta onde esperava encontrar papel, imediatamente a fechei, perturbado por um dos sentimentos mais desagradáveis que se pode experimentar, o do amor-próprio humilhado. A espécie de surpresa que me tomou nessa ocasião assemelha-se à que experimenta um viajante sequioso quando, ao aproximar os lábios de uma fonte límpida, vê no fundo da água uma rã a contemplá-lo. Pois o que vi não era mais do que as molas e a carcaça de uma pomba artificial que, seguindo o exemplo de Architas, eu outrora me tinha proposto a fazer voar nos ares. Durante mais de três meses me tinha aplicado, sem descanso, à sua construção. Quando chegou o dia da experiência, coloquei-a à borda de uma mesa, depois de ter cuidadosamente fechado a porta, a fim de manter secreta a descoberta e causar uma surpresa agradável aos meus amigos. Um fio mantinha imóvel o mecanismo. Quem poderia imaginar as palpitações do meu coração e as angústias do meu amor-próprio quando aproximei a tesoura para cortar a linha fatal?... Zás!... Solta-se a mola da pomba e desenrola-se com barulho; levanto os olhos para vê-la passar; mas, depois de ter dado algumas voltas sobre si mesma, cai e vai esconder-se debaixo da mesa! Rosina, que estava ali dormindo, foi-se afastando tristemente. Rosina, que nunca viu nem galinha, nem pombo, nem o mais pequeno pássaro sem os atacar e perseguir, nem sequer condescendeu em olhar para a minha pomba que se debatia no chão... Foi esse o golpe de misericórdia no meu amor-próprio. Saí, e fui à janela tomar a fresca.

X

Tal foi a sorte da minha pomba artificial. Enquanto o gênio da mecânica a destinava a seguir a águia dos céus, o destino dava-lhe inclinações de toupeira.

Andava eu a passear triste e desalentado, como se fica sempre depois de uma grande esperança desiludida, quando, levantando os olhos, avistei um bando de grous que voavam por cima da minha cabeça. Parei para examiná-los. Avançavam em ordem triangular, como a coluna inglesa na batalha de Fontenoy. Via-os atravessarem o céu, de nuvem para nuvem. "Oh! Como voam bem!", dizia eu comigo; "com que segurança parecem deslizar sobre a trilha invisível que percorrem!" Confesso-o? Ah, que me perdoem! O horrível sentimento da inveja entrou uma vez, uma vez só no meu coração, e entrou por causa de uns grous. Segui-os com os meus olhares ciosos até os confins do horizonte. Muito tempo, imóvel no meio da multidão que passeava, estive observando o movimento rápido das andorinhas, e espantava-me de as ver suspensas nos ares, como se nunca tivesse visto um tal fenômeno. Iluminava-me a alma o sentimento de uma admiração profunda, até então desconhecida para mim. Julgava estar vendo a natureza pela primeira vez. Ouvia com surpresa o zumbir das moscas, o cantar das aves, e esse barulho misterioso e confuso da criação viva que celebra involuntariamente o seu autor. Concerto inefável, ao qual só o homem tem o privilégio sublime de poder juntar timbres de reconhecimento! "Quem é o autor deste brilhante mecanismo?", exclamei eu no transporte que me animava. "Quem é aquele que, abrindo a sua mão criadora, soltou nos ares a primeira andorinha? — aquele que deu ordem a estas árvores para saírem da terra e levantarem para o céu os seus ramos? E tu, que avanças majestosamente debaixo da sombra delas, criatura deslumbrante, cujas feições impõem respeito e amor, quem te colocou sobre a superfície da terra para a embelezar? Qual o pensamento que desenhou as tuas formas divinas e que teve poder bastante para criar o olhar e o sorriso da inocente beleza?... E eu mesmo, que sinto palpitar o meu coração... Qual é o fim da minha existência? Que sou, e de onde venho, eu, o autor da pomba artificial centrípeta?..." Apenas acabei de pronunciar esta palavra bárbara, voltei de repente a mim, como um homem a quem, estando a dormir, tivessem derramado um balde de água em cima, e reparei que muita gente me tinha rodeado para examinar, enquanto o meu entusiasmo me fazia falar sozinho. Vi, então, a bela Georgina que me precedia em alguns passos. Metade da sua face esquerda, carregada de *rouge*, que eu entrevia através dos cachos de sua peruca loura, acabou de me pôr ao corrente dos negócios deste mundo, do qual eu tinha por alguns momentos me ausentado.

XI

Logo que me restabeleci um pouco da confusão em que me tinha lançado o aspecto da minha pomba artificial, fez-me sentir vivamente a dor da contusão que tinha recebido. Passei a mão pela testa e reconheci existir nela uma nova protuberância, precisamente naquele ponto da cabeça onde o doutor Gall colocou a protuberância poética. Mas não pensei nisso então, e só a experiência me devia demonstrar a verdade do sistema daquele homem célebre.

Depois de me ter recolhido alguns momentos para fazer um último esforço a favor da minha epístola dedicatória, peguei um lápis e meti mãos à obra. Qual não foi o meu espanto!... Os versos corriam por si mesmos sob a pena; enchi com eles duas páginas em menos de uma hora, e concluí de tal circunstância que, se o movimento era necessário à cabeça de Pope para compor versos, nada menos que uma contusão era preciso para os fazer sair da minha. Contudo, não darei aos leitores os que então fiz, porque a rapidez prodigiosa com que se sucediam as aventuras da minha viagem impediu-me que lhes desse a última demão. Apesar dessa reticência, é fora de dúvida que se deve considerar o acidente que me sucedeu como uma descoberta preciosa e de que os poetas deverão fazer bastante uso.

Estou efetivamente tão convencido da infalibilidade desse novo método que, no poema em vinte e quatro cantos que depois disso compus e que há de ser publicado com *A prisioneira de Pignerol*[7], não achei necessário até agora começar os versos; mas já passei a limpo quinhentas páginas de notas, que formam, como se sabe, todo o merecimento e todo o volume da maior parte dos poemas modernos.

Como sonhava profundamente com as minhas descobertas e passeava pelo quarto, sucedeu encontrar a cama, na qual me sentei, e como a mão pousou por acaso em cima do meu gorro, tomei o partido de o enfiar na cabeça e deitar-me.

---

7. O autor parece ter renunciado depois a publicar *A prisioneira de Pignerol*, por esta obra pertencer exclusivamente ao gênero do romance.

XII

Havia um quarto de hora que estava na cama e, contra o meu costume, não dormia ainda. À ideia da minha epístola dedicatória tinham sucedido as reflexões mais tristes: a luz, que estava quase acabando, lançava apenas um clarão inconstante e lúgubre do fundo do castiçal, e o quarto tinha o aspecto de um túmulo. Uma rajada de vento abriu a janela de repente, apagou a vela e fechou a porta com violência. A cor negra dos meus pensamentos aumentou com a escuridão.

Todos os meus prazeres passados, todas as minhas mágoas presentes vieram fundir-se a um tempo no meu coração, e o encheram de saudades e amargura.

Apesar de fazer esforços contínuos para esquecer as minhas penas e bani-las do pensamento, sucede-me algumas vezes, quando não estou precavido, entrarem todas ao mesmo tempo na minha memória, como se lhes abrissem uma eclusa. Não me resta outro partido nessas ocasiões senão o de me abandonar à torrente que me arrasta, e as minhas ideias tornam-se então de tal modo negras, todos os objetos me parecem tão lúgubres que acabo ordinariamente por rir da minha loucura; de maneira que o remédio se encontra na própria violência do mal.

Eu estava ainda em toda a força de uma dessas crises melancólicas quando uma parte da rajada de vento que abrira a minha janela e de passagem fechara a minha porta, depois de ter dado algumas voltas no quarto, folheado os meus livros e atirado ao chão uma folha volante da minha viagem, entrou finalmente nos meus cortinados e veio morrer na minha face. Senti o suave frescor da noite e, tomando isso como um convite da sua parte, levantei-me imediatamente e fui para cima da minha escada gozar a tranquilidade da natureza.

XIII

O tempo estava sereno: a Via-Láctea, como uma nuvem ligeira, dividia o céu ao meio; de cada estrela partia um raio suave que vinha até mim, e quando examinava uma delas atentamente, as suas companheiras pareciam cintilar mais vivamente para atrair os meus olhares.

É um encanto sempre novo para mim o de contemplar o céu estrelado, e não tenho de me acusar de ter feito uma única viagem, nem de ter dado um simples passeio noturno, sem pagar o tributo de admiração que devo às maravilhas do firmamento. Apesar de sentir toda a impotência do meu pensamento nessas altas meditações, encontro um prazer inexprimível em me ocupar delas. Gosto de pensar que não é o acaso que conduz até os meus olhos essa emanação dos mundos remotos, e cada estrela derrama com a sua luz um raio de esperança no meu coração. Ora! Todas as maravilhas não teriam outra relação comigo senão a de brilharem diante dos meus olhos? E o meu pensamento que se eleva até elas, o meu coração que se emociona ao seu aspecto, ser-lhe-iam estranhos?... Espectador efêmero de um espetáculo eterno, o homem levanta um instante os olhos para o céu e fecha-os para sempre; mas, durante esse instante rápido que lhe é concedido, de todos os pontos do céu e desde os confins do universo, um raio consolador parte de cada mundo, e vem ferir-lhe os olhares para lhe anunciar que existe uma relação entre a imensidão e ele, e que ele está associado à eternidade.

XIV

Um sentimento desagradável perturbava, contudo, o prazer que eu sentia quando me entregava a estas meditações. "Quão poucas pessoas", dizia eu, "gozam agora comigo o espetáculo sublime que o céu ostenta inutilmente para os homens adormecidos!..." Desculpemos aqueles que dormem; mas o que custaria aos que andam passeando, aos que em turba saem do teatro, olhar um momento e admirar as brilhantes constelações que de todas as partes irradiam sobre as suas cabeças? Não, os espectadores atentos de Scapin ou de Jocrisse não se dignarão a levantar os olhos; vão entrar brutalmente em suas casas ou em outra parte, sem sonharem que o céu existe. Que excentricidade!... Porque o podem ver muitas vezes e de graça, não o consideram. Se o firmamento estivesse sempre velado para nós, se o espetáculo que ele nos oferece dependesse de um empresário, as primeiras poltronas em cima dos telhados teriam um preço extraordinário, e a minha trapeira havia de ser disputada pelas damas de Turim.

"Oh!, se eu fosse soberano de um país", exclamei, tomado de justa indignação, "havia de fazer todas as noites tocar o sino, e obrigaria os meus vassalos de todas as idades, de todos os sexos e de todas as condições a chegar às janelas e a olhar para as estrelas." Nesse ponto a razão, que no meu reino tem apenas um direito contestado de reclamante, foi contudo mais feliz que de costume nas representações que me propôs a respeito do decreto inconsiderado que eu tencionava proclamar nos meus Estados. "Senhor", disse-me ela, "vossa majestade não se dignaria abrir uma exceção a favor das noites chuvosas, visto que, nesse caso, estando o céu coberto..." "Está bem, está bem", respondi; "não tinha pensado nisso; abrir-se-á uma exceção a favor das noites chuvosas." "Senhor", acrescentou ela, "creio que seria muito razoável excetuar também as noites serenas, quando o frio é excessivo e sopra o nordeste, porque a execução rigorosa do decreto encheria os vossos ditosos súditos de defluxos e catarros." Começava a ver muitas dificuldades na execução do meu projeto; mas estava-me custando retroceder. "Bem", disse eu, "é preciso escrever ao Conselho de Medicina e à Academia das Ciências para fixarem o grau do termômetro centígrado em que os meus vassalos poderão ser dispensados de chegar à janela, mas quero, exijo absolutamente que a ordem seja executada com rigor." "E os doentes, senhor?" "Esses, é claro, estão excetuados: a humanidade deve vir antes de tudo." "Se eu não tivesse receio de fatigar vossa majestade, ainda lhe faria observar que se poderia (no caso em que vossa majestade o julgasse a propósito e a coisa não apresentasse grandes inconvenientes) acrescentar também uma exceção a favor dos cegos, porque, estando privados do órgão da vista..." "E então, isso é tudo?", interrompi, de mau humor. "Perdão, senhor; mas e os amantes? O coração bondoso de vossa majestade teria ânimo de constrangê-los a olhar também para as estrelas?" "Está bem, está bem", disse o rei; "ponhamos isso de parte; havemos de pensar nisso com mais sossego. Apresentareis um relatório detalhado a esse respeito."

Meu Deus!... meu Deus!... Como é preciso refletir antes de publicar um simples decreto de polícia!

XV

As estrelas mais brilhantes nunca foram as que eu contemplo com mais prazer; as menores, as que, perdidas num afastamento incomensurável, não aparecem senão como pontos imperceptíveis, foram sempre as minhas estrelas favoritas. A razão é bem simples: conceber-se-á facilmente que, fazendo a minha imaginação percorrer tanto caminho do outro lado da esfera das estrelas quanto o que os meus olhares percorrem do lado de cá para chegar até elas, acho-me transportado sem esforço a uma distância onde poucos viajantes chegaram antes de mim, e me admiro, encontrando-me lá, de não estar ainda senão no começo deste vasto universo: porque seria ridículo, creio, pensar que existe uma barreira além da qual principia o nada, como se o nada fosse mais fácil de conceber do que a existência!

Depois da última estrela, imagino ainda outra, a qual também não pode ser a última. Marcando limites à criação, por mais afastados que sejam, o universo já não me aparece senão como um ponto luminoso, comparado com a imensidão do espaço vazio que o rodeia, com esse horroroso e obscuro nada no meio do qual ele estaria suspenso como uma lâmpada solitária. — Aqui, tapei os olhos com as duas mãos para afastar toda espécie de distração e dar às minhas ideias a profundidade que um tal assunto exige; e, fazendo um esforço de cabeça sobrenatural, compus um sistema do mundo, o mais completo que até hoje apareceu. Ei-lo com todos os seus pormenores; é o resultado das meditações da minha vida inteira. "Creio que, sendo o espaço..." Mas isto merece um capítulo à parte; e, vista a importância da matéria, será ele o único da minha viagem que terá um título.

XVI

Sistema do mundo

Creio, pois, que, sendo o espaço infinito, a criação também o é, e que Deus criou na sua eternidade uma infinidade de mundos na imensidão do espaço.

XVII

Contudo, devo confessar de boa-fé que não compreendo o meu sistema melhor do que todos os outros sistemas nascidos até hoje da imaginação dos filósofos antigos e modernos; mas o meu tem a vantagem preciosa de estar contido em três linhas, por enorme que seja. O leitor indulgente terá a bondade de observar também que ele foi inteiramente composto no cimo de uma escada. Eu o teria, entretanto, embelezado com anotações e comentários se, no momento em que estava mais intensamente ocupado com o meu assunto, não tivesse sido distraído por uns sons deliciosos que vieram impressionar agradavelmente o meu ouvido. Uma voz como nunca ouvi outra tão melodiosa, sem excetuar mesmo a de Zeneida, uma dessas vozes que estão sempre em uníssono com as fibras do meu coração, cantava muito perto de mim uma romança de que não perdi nem uma palavra e que jamais sairá da minha memória. Escutando com atenção, descobri que a voz partia de uma janela mais abaixo da minha: infelizmente não podia vê-la, porque o rebordo do telhado sobre o qual a minha trapeira se erguia ocultava-a dos meus olhos. Todavia, o desejo de ver a sereia que me encantava com seus acordes aumentava na proporção do encanto da romança, cujas palavras tocantes teriam arrancado lágrimas ao ser mais insensível. Dentro em pouco, não podendo mais resistir à minha curiosidade, subi até o último degrau, pus um pé na beira do telhado e, agarrando-me com uma das mãos ao umbral da janela, suspendi-me desse modo sobre a rua, com grande risco de precipitar-me.

Vi então, numa varanda à minha esquerda, um pouco abaixo de mim, uma jovem mulher de roupão branco; apoiava na mão a cabeça formosa, inclinando-a o suficiente para deixar entrever, à luz dos astros, o mais interessante perfil, e a sua atitude parecia imaginada para apresentar em todo o seu esplendor, a um viajante aéreo como eu, um busto esbelto e bem torneado; um dos seus pés descalços, atirado negligentemente para trás, postava-se de modo que me era possível, apesar da escuridão, presumir-lhe as felizes dimensões, ao passo que uma bonita chinelinha, da qual ele estava separado, as determinava melhor ainda ao meu olhar curioso. Deixo-te imaginar, minha querida Sofia, qual era a violência da minha situação. Não me atrevia a fazer a mínima exclamação, com medo de assustar a minha formosa vizinha, nem o mínimo movimento, com medo de cair à rua. Contudo, escapou-me um suspiro contra a vontade; mas ainda tive tempo de lhe suster metade; o resto foi levado por um zéfiro que ia passando, e tive todo o vagar para examinar a sonhadora, sustido naquela posição perigosa pela esperança de a ouvir cantar outra vez ainda. Mas, ai de mim!, a sua romança estava acabada, e o meu mau destino fez-me guardar o mais teimoso silêncio. Por fim, depois de ter esperado muito tempo, julguei poder arriscar-me a dirigir-lhe a palavra: tratava-se, apenas, de achar um cumprimento digno dela e dos sentimentos que me tinha inspirado. Oh!, como lastimei então não ter terminado a minha epístola dedicatória em versos! Como eu a teria colocado a propósito naquela ocasião! A minha presença de espírito não me abandonou no aperto. Inspirado pela doce influência dos astros e pelo desejo mais poderoso ainda de fazer boa figura perante uma bela mulher, depois de ter tossido ligeiramente para preveni-la e para tornar mais brando o som da minha voz: "Está uma noite muito bonita", disse-lhe eu no tom mais afetuoso que me foi possível.

XVIII

Parece-me estar ouvindo daqui madame de Hautcastel, que não me desculpa nada, pedir-me explicações sobre a romança de que falei no capítulo precedente. Pela primeira vez na minha vida, encontro-me na dura necessidade de lhe recusar alguma coisa. Se eu inserisse tais versos na minha viagem, não deixaria de haver quem me supusesse autor deles, o que me havia de atrair, sobre a necessidade das contusões, mais de um gracejo maldoso que quero evitar. Continuarei, portanto, o relato de minha aventura com a minha amável vizinha, aventura cuja catástrofe inesperada, assim como a delicadeza com que eu a conduzi, são feitas para interessar todas as classes de leitores. Mas, antes de saber o que ela me respondeu e como foi recebido o cumprimento engenhoso que lhe dirigi, devo responder de antemão a certas pessoas que se julgam mais eloquentes do que eu, e que hão de me condenar impiedosamente por ter começado a conversar de um modo tão trivial sob o seu ponto de vista.

Provar-lhes-ei que, se eu tivesse ostentado espírito nessa ocasião importante, teria faltado abertamente às regras da prudência e do bom gosto. Todo homem que entabula conversa com uma bela mulher, dizendo-lhe uma frase espirituosa ou fazendo um cumprimento, por muito lisonjeiro que este possa ser, deixa entrever pretensões que não devem aparecer senão quando principiam a ser fundadas. Além disso, se ostenta espírito é evidente que pretende brilhar, e consequentemente que pensa menos na sua bela do que em si próprio. Ora, as mulheres querem que se ocupem delas; e, embora não façam sempre exatamente as mesmas reflexões que acabo de escrever, possuem um senso delicado e natural que lhes diz que uma frase trivial, dita apenas com o intuito de iniciar a conversa e de nos aproximarmos delas, vale mil vezes mais do que um dito de espírito inspirado pela vaidade, e mais ainda (isso há de parecer espantoso) do que uma epístola dedicatória em verso. Mais ainda, sustento (mesmo que tomem o meu sentir à conta de paradoxo) que esse espírito ligeiro e brilhante da conversação não é mesmo necessário na ligação mais longa, se foi verdadeiramente o coração que a formou; e, apesar de tudo quanto as pessoas que só têm tido meias paixões possam dizer dos longos intervalos que deixam entre si os sentimentos vivos do amor e da amizade, o dia é sempre curto quando o passamos ao lado de nossa boa amiga, e o silêncio é tão interessante quanto a discussão.

Digam, porém, o que disserem da minha dissertação, o que é certíssimo é que não achei nada melhor para dizer à beira do telhado em que me encontrava do que as palavras em questão. Ainda mal as havia pronunciado e logo a minha alma se transportou toda inteira aos tímpanos dos meus ouvidos para apanhar até a mínima entoação dos sons que eu esperava ouvir. A formosa vizinha levantou a cabeça para me ver! Os seus longos cabelos desenrolaram-se como um véu e serviram de fundo a um rosto encantador que refletia a luz misteriosa das estrelas. Já a sua boca estava entreaberta, as suas meigas palavras encaminhavam-se-lhe para os lábios... Mas, ó céus! Qual não foi a minha surpresa e o meu terror!... Ouviu-se um barulho sinistro: "Que está fazendo aí, madame? A esta hora? Venha para dentro!", disse uma voz máscula e sonora no interior do quarto. Fiquei petrificado.

XIX

Tal deve ser o barulho que há de espantar os culpados quando se abrem de repente diante deles as portas abrasadas do Tártaro; ou tal ainda deve ser o que fazem, sob as abóbadas infernais, as sete cataratas do Estige, de que os poetas se esqueceram de falar.

XX

Uma estrela cadente atravessou nesse momento o céu e desapareceu quase de repente. Os meus olhos, que a claridade do meteoro tinha atraído por um instante, voltaram a fixar-se na varanda, onde não viram mais nada senão a pequena chinela. A minha vizinha, com a precipitação da sua retirada, tinha-se esquecido de levá-la. Contemplei muito tempo aquele bonito molde de um pé digno do cinzel de Praxíteles, com uma comoção de que não ousaria confessar toda a força; mas, embora isso pareça bastante singular, e eu não possa explicá-lo a mim mesmo, o fato é que um encanto invencível me impedia de afastar dali os meus olhares, apesar de todos os esforços que fazia para levá-los a outros objetos.

Conta-se que, quando uma serpente olha para um rouxinol, a ave infeliz, vítima de um encanto irresistível, é obrigada a aproximar-se do réptil voraz. As suas asas rápidas apenas lhe servem para o conduzir à sua perda, e cada esforço que faz para se afastar o aproxima do inimigo que o persegue com o seu olhar inevitável.

Tal era sobre mim o efeito daquela chinela, sem contudo eu poder dizer com certeza qual dos dois, a chinela ou eu, era a serpente, visto como, segundo as leis da física, a atração devia ser recíproca. É certo que essa influência funesta não era um ludíbrio da minha imaginação. Eu era realmente e tão fortemente atraído que, por duas vezes, estive a ponto de largar a mão e me deixar cair. Contudo, como a varanda para onde eu queria ir não ficava exatamente por baixo da minha janela, mas sim um pouco ao lado, vi perfeitamente que a força de gravitação inventada por Newton, vindo a combinar-se com a atração oblíqua da chinela, me faria seguir na minha queda uma diagonal, de modo que eu iria cair em cima de uma guarita que, da altura em que eu estava, não me parecia maior do que um ovo, e assim erraria totalmente o meu alvo... Agarrei-me, pois, com mais força ainda à janela e, fazendo um esforço de resolução, consegui levantar os olhos e olhar para o céu.

XXI

Teria muita dificuldade em explicar e definir exatamente a espécie de prazer que experimentava em tal circunstância. Tudo o que posso afirmar é que esse prazer não tinha nada em comum com aquele outro que me fizera sentir, alguns momentos mais cedo, o aspecto da Via-Láctea e do céu estrelado. Todavia, como nas situações mais embaraçosas da minha vida sempre gostei de compreender o que se passa na minha alma, quis nessa ocasião fazer uma ideia bem nítida do prazer que pode sentir um homem de bem quando contempla a chinela de uma dama, comparado com o prazer que lhe faz sentir a contemplação das estrelas. Para tanto, escolhi no céu a constelação mais aparente. Era, se não me engano, a Cadeira de Cassiopeia que ficava por cima da minha cabeça, e pus-me a olhar alternadamente a constelação e a chinela, a chinela e a constelação. Vi então que essas duas sensações eram de natureza inteiramente diferente: uma estava na minha cabeça, ao passo que a outra me parecia ter a sua sede na região do coração. Mas o que não confessarei sem sentir algum acanhamento é que a atração que me puxava para a chinela encantada absorvia todas as minhas faculdades. O entusiasmo que me tinha causado, algum tempo antes, o aspecto do céu estrelado não existia já senão com pouquíssima energia, e em breve desapareceu completamente, quando ouvi abrir-se a janela que dava para a varanda e distingui um pé pequenino, mais branco que alabastro, avançar delicadamente e apanhar a chinelinha. Quis falar, mas não tive tempo para me preparar como da primeira vez e não tornei a encontrar a minha habitual presença de espírito, e ouvi a janela fechar-se antes de eu ter imaginado qualquer coisa que fosse conveniente dizer.

XXII

Os capítulos precedentes bastarão, segundo espero, para responder vitoriosamente a uma recriminação de madame de Hautcastel, a qual não teve escrúpulos de denegrir a minha primeira viagem com o pretexto de não haver nela ocasião para o amor. A esta nova viagem, já ela não poderia fazer a mesma censura; e ainda que a minha aventura com minha amável vizinha não tenha ido muito longe, posso assegurar que encontrei nela mais satisfação do que em qualquer outra circunstância em que tenha imaginado ser muito feliz, por falta de objeto de comparação. Cada qual goza a vida a seu modo; mas eu julgaria faltar ao que devo à benevolência do leitor se lhe deixasse ignorar uma descoberta que, mais do que qualquer outra coisa, contribuiu até aqui para a minha felicidade (com a condição, bem entendido, de que isto fique entre nós); pois não se trata menos do que de um novo método de amar, muito mais vantajoso do que o precedente, sem ter nenhum dos seus inconvenientes numerosos.

Como esta invenção é especialmente destinada às pessoas que quiscrem adotar o meu modo de viajar, creio ser necessário consagrar alguns capítulos à sua instrução.

XXIII

Eu tinha observado no decurso da minha vida que, quando estava apaixonado segundo o método ordinário, as minhas sensações não correspondiam nunca às minhas esperanças, e a minha imaginação via-se desiludida em todos os seus planos. Refletindo nisso com atenção, pensei que, se me fosse possível estender o sentimento que me leva ao amor individual sobre todo o sexo objeto dele, conquistaria novos gozos sem comprometer-me de nenhum modo. Que censura, afetivamente, se poderia fazer a um homem que fosse provido de um coração bastante enérgico para amar todas as mulheres amáveis do universo? Sim, minha senhora, amo-as todas, e não somente aquelas que conheço ou que espero encontrar, mas todas as que existem sobre a superfície da Terra. Mais ainda, amo todas as mulheres que existiram e as que hão de existir, sem contar ainda um número muito maior que a minha imaginação tira do nada: todas as mulheres possíveis, finalmente, estão compreendidas no vasto círculo das minhas afeições.

Por que injusto e extravagante capricho havia eu de encerrar um coração como o meu nos limites apertados de uma sociedade? Que digo! Por que havia de circunscrever o seu voo aos limites de um reino ou mesmo de uma república?

Sentada ao pé de um carvalho abatido pela tempestade, uma jovem viúva indiana casa os seus suspiros com o bramir dos ventos desencadeados. As armas do guerreiro que ela amava estão suspensas sobre a sua cabeça, e o som lúgubre que fazem ouvir quando batem umas contra as outras traz-lhe ao coração a lembrança da sua felicidade passada. Entretanto, o raio sulca as nuvens e a luz lívida dos relâmpagos reflete-se nos seus olhos imóveis. Enquanto a fogueira que deve consumi-la se ergue, só, sem consolação, no pasmo do desespero, ela espera uma horrorosa morte, que um preconceito cruel lhe faz preferir à vida.

Que melancólico e doce gozo não é o do homem sensível que se aproxima dessa infeliz para a consolar! Enquanto, sentado sobre a relva ao lado dela, procuro dissuadi-la do horrível sacrifício e, misturando os meus suspiros com os seus e as minhas lágrimas com as suas lágrimas, procuro distraí-la das suas dores, toda a cidade corre à casa de madame de A..., cujo marido acaba de morrer de uma apoplexia. Resolvida, também, a não sobreviver à sua desgraça, insensível às lágrimas e aos rogos dos seus amigos, deixa-se morrer de fome; e, desde esta manhã em que imprudentemente lhe vieram dar aquela notícia, a infeliz ainda não comeu senão um biscoito, e não bebeu senão um cálice de vinho de Málaga. Não dou a esta mulher desolada senão a simples atenção necessária para não infringir as leis do meu sistema universal, e depressa me afasto de sua casa, porque sou naturalmente ciumento e não quero comprometer-me com uma infinidade de consoladores, nem com as pessoas excessivamente fáceis de consolar.

As belezas infelizes têm particularmente direitos sobre o meu coração, e o tributo de sensibilidade que lhes devo não diminui o interesse que consagro às que são felizes. Esta disposição varia os meus prazeres até o infinito, e permite-me passar alternadamente da melancolia para a alegria e de um repouso sentimental para a exaltação.

Muitas vezes, também, formo intrigas amorosas na história antiga e apago linhas inteiras nos velhos registros do destino. Quantas vezes não detive a mão parricida de Virgínio e não salvei a vida de sua filha infortunada, vítima ao mesmo tempo do excesso do crime e do da virtude? Este acontecimento enche-me de terror quando me vem ao pensamento; não me admiro nada de que tenha sido origem de uma revolução.

Tenho esperança de que as pessoas razoáveis, assim como as almas compadecidas, me serão gratas por eu ter harmonizado esta questão amigavelmente; e todo homem que tem certo conhecimento do mundo há de julgar como eu que, se tivesse deixado o decênviro, esse homem apaixonado não teria deixado de prestar justiça à virtude de Virgínia: os parentes intrometer-se-iam; o pai Virgínio, por fim, acalmar-se-ia, e o casamento havia de fazer-se com todas as formalidades exigidas por lei.

Mas o que seria feito do infeliz amante abandonado? Pois bem, o amante, que ganhou ele com essa morte? Ora, já que quereis apiedar-vos com a sua sorte, eu vos informo, minha querida Maria, que, seis meses depois da morte de

Virgínia, não somente ele estava consolado, mas casado e muito feliz, e que depois de ter tido muitos filhos, perdeu a mulher e casou de novo, seis semanas depois, com a viúva de um tribuno do povo. Estas circunstâncias, ignoradas até agora, foram descobertas e decifradas num manuscrito palimpsesto da Biblioteca Ambrosiana por um sábio antiquário italiano. Aumentarão infelizmente, com uma página a mais, a história abominável e já excessivamente longa da república romana.

XXIV

Depois de ter salvo a interessante Virgínia, fujo modestamente ao seu reconhecimento; e, desejoso sempre de prestar serviço às belas, aproveito a escuridão de uma noite chuvosa e vou furtivamente abrir o túmulo de uma jovem vestal que o senado romano teve a barbaridade de mandar enterrar viva por ter deixado extinguir-se o fogo sagrado de Vesta, ou talvez antes por se haver nele ligeiramente queimado. Caminho em silêncio pelas ruas tortuosas de Roma com o encanto íntimo que precede as boas ações, sobretudo quando estas não são desprovidas de perigo. Evito cuidadosamente o Capitólio, com medo de acordar os gansos, e deslizando por entre os guardas da porta Colina chego com felicidade ao túmulo sem ser pressentido.

Com o rumor que faço levantando a pedra que o cobre, a infeliz ergue a cabeça despenteada do chão úmido em que se deita. Vejo-a, ao clarão da lâmpada sepulcral, espalhar em torno de si os olhares desvairados; no seu delírio, a vítima infeliz julga estar já nas margens do Cocito: "Ó Minos!", exclama, "ó juiz inexorável! Amei, é verdade, na terra, contra as leis severas de Vesta. Se os deuses são tão bárbaros como os homens, abre, abre para mim os abismos do Tártaro! Amava e amo ainda." "Não, não, ainda não estás no reino dos mortos; vem, jovem infeliz, reaparece sobre a Terra, renasce para a luz e para o amor." Nisto, pego-lhe a mão gelada já pelo frio do sepulcro; levanto-a nos braços, aperto-a de encontro ao peito e arranco-a enfim daquele horrível lugar, palpitando toda ela de susto e de reconhecimento.

Podeis certamente crer, senhora, que nenhum interesse pessoal foi o móvel dessa ação. A esperança de interessar em meu favor a bela ex-vestal não entra por coisa alguma em tudo quanto pratico por ela; porque se assim fosse entrava no antigo método: posso assegurar, palavra de viajante, que enquanto durou nosso passeio, desde a porta Colina até o lugar onde se encontra agora o túmulo dos Cipiões, apesar da escuridão profunda e nos momentos mesmo em que a sua fraqueza me obrigava a sustê-la nos braços, nunca deixei de tratá-la com as atenções e com o respeito devidos às suas desgraças, e escrupulosamente a restituí ao seu amante, que a esperava no caminho.

XXV

Outra vez, conduzido pelos meus devaneios, achei-me por acaso assistindo ao rapto das sabinas: vi com muita surpresa que os sabinos tomavam o caso de modo muito diferente daquele que conta a história. Não entendendo nada no meio daquela confusão, ofereci o meu auxílio a uma mulher que fugia; e não pude deixar de rir, acompanhando-a, quando ouvi um sabino furioso exclamar com o tom de desespero: "Deuses imortais! Por que não trouxe eu a minha mulher à festa!"

XXVI

Além da metade do gênero humano a quem consagro tão viva afeição (direi, e haverão de acreditar?), o meu peito é dotado de tal capacidade de ternura que todos os seres vivos e as próprias coisas inanimadas têm dela uma boa parte. Amo as árvores que me dão a sua sombra, e os pássaros que chilreiam nos ramos, e o pio noturno da coruja, e o fragor das torrentes: amo tudo... amo a Lua!

Estais rindo, senhorita: é fácil pôr no ridículo os sentimentos que não se experimentaram, mas os corações parecidos com o meu haverão de me compreender.

Sim, prendo-me por verdadeiro afeto a tudo o que me cerca. Amo os caminhos por onde passo, a fonte onde bebo: não me separo sem alguma pena do ramo que arranquei ao acaso numa sebe: olho para ele ainda depois de o ter abandonado; tínhamos já feito conhecimento: tenho saudade das folhas que caem, e até do zéfiro que passa. Onde está agora aquele que agitava os teus cabelos pretos, Elisa, quando, sentada ao pé de mim, às margens do Doire, na véspera da nossa eterna separação, me fitavas num silêncio triste? Onde está o teu olhar? Onde está aquele instante doloroso e querido?

Ó tempo! Divindade terrível! Não é a tua foice cruel que me espanta; o que eu temo são os teus hediondos filhos, a indiferença e o esquecimento, que fazem uma longa morte de três quartos da nossa existência.

Ah! Aquele zéfiro, aquele olhar, aquele sorriso, está tão longe de mim como as aventuras de Ariadne; no fundo do meu coração não existem já senão saudades e vãs lembranças; triste mistura sobre a qual a minha vida sobrenada ainda, como um navio despedaçado pelo temporal flutua algum tempo sobre o mar agitado!...

XXVII

Até que, introduzindo-se a água pouco a pouco pelos rombos do costado, o pobre navio desapareça engolido no abismo; as ondas cobrem-no, a tempestade abranda e a andorinha do mar rasa a planura solitária e tranquila do oceano.

XXVIII

Vejo-me obrigado a terminar aqui a explicação do meu novo método de amar, pois percebo que vou caindo no escuro. Não será, contudo, fora de propósito acrescentar ainda alguns esclarecimentos sobre esta descoberta, que não convém geralmente nem a toda gente nem a todas as cidades. Não aconselharia a ninguém que o pusesse em uso aos vinte anos. O próprio inventor não o usava nessa época da sua vida. Para tirar do método o maior proveito possível, é necessário ter experimentado todas as mágoas da vida sem estar desanimado, e todos os gozos sem estar desgostoso. Ponto difícil! É sobretudo útil naquela idade em que a razão nos aconselha que renunciemos aos hábitos da mocidade, e pode servir de intermediário e de passagem insensível entre o prazer e o juízo. Esta passagem, como todos os moralistas têm observado, é muito difícil. Poucos homens têm a nobre coragem de a atravessar galantemente, e muitas vezes, depois de terem dado o passo, aborrecem-se na outra margem e tornam a passar o fosso, de cabelos grisalhos e para sua grande vergonha. É isso que eles evitarão sem custo pela minha nova maneira de cultivar o amor. Com efeito, não sendo a maior parte dos nossos prazeres senão um jogo da imaginação, é essencial dar a esta um pasto inocente para a afastar dos objetos a que devemos renunciar, pouco mais ou menos como se mostram brinquedos às crianças quando não se lhes quer dar doces. Desse modo, há tempo que nos afirmamos no terreno da prudência imaginando não estarmos lá ainda, chegando a ocupá-lo pelo caminho da loucura, o que lhe facilitará singularmente o acesso a muita gente.

Creio, pois, não me ter enganado na esperança de ser útil que me fez pegar a pena, e só tenho agora que defender-me do natural movimento de amor-próprio que legitimamente eu poderia sentir por desvelar aos homens semelhantes verdades.

XXIX

Todas essas confidências, minha querida Sofia, espero que não vos tenham feito esquecer a posição incômoda em que me deixastes sobre a minha janela. A emoção que me tinha causado o aspecto do lindo pé da minha vizinha ainda durava, e eu tinha recaído mais que nunca sob o encanto perigoso da chinela, quando um acontecimento imprevisto me veio tirar do perigo em que estava de me precipitar do quinto andar para a rua. Um morcego que pairava em volta da casa e que, vendo-me imóvel tanto tempo, me tomou ao que parece por uma chaminé, pousou de repente sobre mim e agarrou-se a uma de minhas orelhas. Senti na cara o horrível frescor das suas asas úmidas. Todos os ecos de Turim responderam ao grito furioso que contra a minha vontade soltei. As sentinelas ao longe gritaram: "quem vem lá?", e ouvi na rua a marcha precipitada de uma patrulha.

Abandonei sem muito custo a minha varanda, que já não tinha nenhuma atração para mim. Colhera-me o frio da noite. Um ligeiro arrepio percorreu-me da cabeça aos pés; e, fechando o meu roupão para me aquecer, vi com grande mágoa que esta sensação de frio, junto com o insulto do morcego, tinha sido suficiente para mudar de novo o curso das minhas ideias. A chinela mágica não teria tido naquele momento mais influência sobre mim do que a Cabeleira de Berenice ou qualquer outra constelação. Calculei imediatamente quão pouco razoável seria passar a noite exposto à intempérie do ar em vez de seguir a vontade da natureza, que nos determina o sono. A minha razão, que nesse momento estava sozinha atuando em mim, fez-me ver isso tão bem demonstrado como uma proposição de Euclides. Por fim, fiquei repentinamente privado de imaginação e de entusiasmo, e entregue sem socorro à triste realidade. Deplorável existência! Tanto valia ser uma árvore seca numa floresta, ou então um obelisco no meio de uma praça pública!

"Que duas estranhas máquinas", exclamei eu, "que são a cabeça e o coração do homem!" Levado alternadamente por estes dois móveis das suas ações para dois caminhos, o último que ele segue parece-lhe sempre o melhor! "Ó loucura do entusiasmo e do sentimento!", diz a fria razão; "ó fraqueza e incerteza da razão!", diz o sentimento. Quem poderá jamais, quem ousará decidir entre eles?

Pensei que seria bom ir tratar a questão imediatamente, e decidir de uma vez por todas a qual destes guias conviria confiar-me para o resto da minha vida. Daqui por diante seguirei a minha cabeça ou o meu coração? Examinemos.

XXX

Dizendo estas palavras, percebi uma dor surda no pé que assentava sobre o degrau da escada. Além disso, estava muito cansado da posição difícil em que me tinha conservado até então. Baixei-me devagarinho para me sentar; e deixando pender as pernas para a direita e para a esquerda da janela, comecei a minha viagem a cavalo. Preferi sempre este modo de viajar a qualquer outro, e gosto apaixonadamente de cavalos; contudo, de todos os que tenho visto ou de que tenho ouvido falar, aquele cuja posse eu desejaria com mais ardor seria o cavalo de pau de que se fala nas *Mil e uma noites*, sobre o qual se podia viajar nos ares e que partia como um relâmpago quando se girava a pequena manivela que ele tinha entre as orelhas.

Ora, pode-se notar que o meu cavalo parece-se muito com o das *Mil e uma noites*. Pela sua posição, o viajante a cavalo na sua janela comunica de um lado com o céu, e goza o espetáculo imponente da natureza: os meteoros e os astros estão à sua disposição; do outro, o aspecto da sua morada e os objetos que ela contém chamam-no à ideia da sua existência e fazem-no cair em si mesmo. Um único movimento da cabeça substitui a manivela encantada e basta para operar na alma do viajante uma mudança tão rápida quanto extraordinária. Alternadamente habitante da Terra e dos céus, o seu espírito e o seu coração percorrem todos os gozos que é dado ao homem experimentar.

Pressenti com antecipação todo o partido que podia tirar do meu cavalo. Quando me senti bem firme na sela e arranjado o melhor possível, certo de nada ter a recear dos ladrões nem das quedas do animal, convenci-me de que a ocasião era muito favorável para me consagrar ao exame do problema que tinha de resolver quanto à preeminência da razão ou do sentimento. Mas a primeira reflexão que fiz a este respeito fez-me simplesmente estacar de repente. "Que competência posso ter para me nomear juiz de semelhante causa?", disse eu para mim em voz baixa; eu, que na minha consciência dou antecipadamente a sentença a favor do sentimento? Mas, por outro lado, se excluo as pessoas cujo coração predomina sobre a cabeça, então quem devo consultar? Um geômetra? Ora! Essa gente está vendida à razão. Para decidir esse ponto, era preciso encontrar um homem que tivesse recebido da natureza uma dose igual de razão e de sentimento, e que no momento da decisão essas duas faculdades estivessem perfeitamente em equilíbrio... coisa impossível! Mais fácil seria equilibrar uma república.

O único juiz competente seria, pois, aquele que não tivesse nada de comum nem com uma nem com o outro, um homem, finalmente, sem cabeça e sem coração. Esta estranha consequência revoltou a minha razão; o meu coração, pelo seu lado, protestou não haver tomado nenhuma parte nela. Contudo, parecia-me ter raciocinado com acerto, e teria, nessa ocasião, feito a pior ideia das minhas faculdades intelectuais, se não tivesse refletido que, nas especulações da alta metafísica, como aquela de que se trata, filósofos de primeira ordem têm sido muitas vezes levados, por uma série de raciocínios seguidos, a consequências horrorosas, que influíram sobre a felicidade da sociedade humana. Consolei-me, pois, pensando que ao menos o resultado das minhas especulações não faria mal a ninguém. Deixei a questão indecisa e resolvi, para o resto dos meus dias, seguir alternadamente a minha cabeça ou o meu coração, conforme um deles predominasse sobre o outro. Creio, efetivamente, ser este o melhor método. "É verdade que com ele não tenho feito grande fortuna até aqui" dizia de mim para mim. Não importa, eu vou seguindo, descendo o caminho rápido da vida, sem temores e sem projetos, ora rindo, ora chorando; e às vezes rindo e chorando ao mesmo tempo, ou então cantarolando qualquer velho estribilho para me distrair ao longo do caminho. Outras vezes, apanho um malmequer à borda de uma sebe; arranco-lhe as folhas uma a uma, dizendo: "Mal-me-quer, bem-me-quer, muito, pouco, nada". A última folha traz quase sempre um nada. Com efeito, Elisa já não me ama.

Enquanto assim me vou entretendo, a geração inteira dos vivos vai passando; semelhante a uma onda imensa, em breve irá quebrar-se comigo sobre a praia da eternidade; e como se a tempestade da vida não fosse bastante impetuosa, como se ela nos impelisse com excessiva lentidão para as barreiras da existência, as nações em massa degolam-se a correr e antecipam o termo fixado pela natureza. Conquistadores, arrastados também pelo rápido turbilhão do tempo, distraem-se derrubando homens aos milhares. Que é isso, meus senhores, que fazeis? Esperai!... Toda essa pobre gente ia em breve morrer da sua morte natural. Pois não vedes a onda que sobe? Olhai como espuma já próxima da praia... Esperai, em nome do céu, um instante só, e vós, e os vossos inimigos, e eu, e os malmequeres, tudo isso vai acabar!

Pode-se ficar bastante assombrado com semelhante demência! Vamos, é ponto resolvido; daqui em diante, eu próprio não mais desfolharei malmequeres.

XXXI

Depois de me ter imposto para o futuro uma regra de conduta prudente, por meio de uma lógica luminosa como se viu nos capítulos precedentes, restava-me um ponto muito importante a decidir a respeito da viagem que eu ia empreender. Efetivamente, nem tudo está feito quando a gente se põe de carruagem ou a cavalo; é preciso saber também para onde se quer ir. Eu estava tão cansado das investigações metafísicas com que acabava de me ocupar que, antes de me decidir sobre a região do globo a que daria preferência, quis descansar algum tempo não pensando em nada. É um modo de existir também na minha invenção, e que muitas vezes me tem sido de grande vantagem; mas não é lícito a toda gente saber usar dele: porque, se é fácil dar profundidade às ideias ocupando-se intensamente de um assunto, não o é tanto suspender de repente o pensamento como se para o pensamento de um pêndulo. Molière, muito mal a propósito, ridicularizou um homem que se divertia a fazer círculos na água de um poço; pois eu, de minha parte, inclino-me muito a crer que esse homem era um filósofo que tinha o poder de suspender a ação da sua inteligência para repousar, operação das mais difíceis que possa executar o espírito humano. Bem sei que as pessoas que receberam essa faculdade sem a ter desejado, e que ordinariamente não pensam em nada, acusar-me-ão de plágio e hão de reclamar prioridade de invenção; mas o estado de imobilidade intelectual de que pretendo falar é inteiramente outro, diverso daquele que eles desfrutam e do qual Necker fez a apologia[8]. O meu é sempre voluntário e não pode ser senão momentâneo; para gozar dele em toda a sua plenitude, fechei os olhos apoiando-me com as duas mãos sobre a janela, como um cavaleiro fatigado se apoia no cepinho da sela, e em breve a lembrança do passado, o sentimento do presente e a previsão do futuro se aniquilaram na minha alma.

Como esse modo de existência favorece poderosamente a invasão do sono depois de meio minuto de gozo, senti que a cabeça me caía sobre o peito; abri no mesmo instante os olhos, e as minhas ideias retomaram o seu curso; circunstância que prova evidentemente que a espécie de letargia voluntária de que se trata é bem diferente do sono, porque eu fui despertado pelo próprio sono; acidente que com certeza nunca sucedeu a ninguém.

Levantando os olhos para o céu, vi a estrela polar bem acima da casa, o que me pareceu de bom agouro no momento em que eu ia empreender uma longa viagem. Durante o intervalo do repouso que acabava de gozar, a minha imaginação tinha recuperado toda a sua força e o meu coração estava pronto para receber as mais doces impressões; de

---

8. *Sobre a felicidade dos tolos*, 1782.

tal modo esse passageiro aniquilamento do pensar pode aumentar a sua energia! O fundo de mágoa que a minha situação precária no mundo me fazia surdamente experimentar foi substituído de repente por um sentimento vivo de esperança e de coragem; senti-me capaz de afrontar a vida e todas as probabilidades de infortúnio ou de felicidade que ela arrasta consigo.

"Astro brilhante!", exclamei no êxtase delicioso que me arrebatava, "produção incompreensível do pensamento eterno! Tu que, só, imóvel nos céus, velas desde o dia da criação sobre metade da Terra! Tu que diriges os navegantes sobre os desertos do oceano e de quem um só olhar tem restituído muitas vezes a esperança e a vida ao marinheiro batido pelo temporal! Se alguma vez, quando uma noite serena me tem permitido contemplar o céu, eu deixei de te procurar entre as tuas companheiras, acompanha-me agora, luz celeste! Ah!, a Terra abandona-me: sê hoje meu conselho e meu guia, ensina-me qual é a região do globo onde me devo fixar!"

Durante esta invocação, a estrela parecia irradiar com mais vivacidade e comprazer-se no céu, convidando-me a aproximar-me da sua influência protetora. Não acredito nos pressentimentos; mas creio numa providência divina que conduz os homens por meios desconhecidos. Cada instante da nossa existência é uma criação nova, um ato de vontade onipotente. A ordem inconstante que produz as formas sempre novas e os fenômenos inexplicáveis das nuvens é determinada para cada instante até na melhor parcela de água que a compõe; os acontecimentos da nossa vida não poderiam ter outra causa, e atribuí-los ao acaso seria o remate da loucura. Posso mesmo assegurar que algumas vezes me sucedeu entrever os fios imperceptíveis com que a Providência faz atuar os maiores homens como se fossem marionetes enquanto eles imaginam conduzir o mundo; um pequeno movimento de orgulho que ela lhes insufla no coração basta para fazer morrerem exércitos inteiros e para virar do avesso uma nação. Como quer que seja, eu cria tão firmemente na realidade do convite que havia recebido da estrela polar que, no mesmo instante, tomei o partido de me dirigir para o norte; e, embora não tivesse naquelas regiões afastadas nenhum ponto de referência ou nenhum alvo determinado, quando parti de Turim, no dia seguinte, saí pela porta Palácio, que fica ao norte da cidade, persuadido de que a estrela polar não me abandonaria.

XXXII

Estava neste ponto da minha viagem quando fui obrigado a descer precipitadamente do meu cavalo. Não teria feito menção desta particularidade se, em consequência, não devesse instruir as pessoas que queiram adotar esse modo de viajar dos pequenos inconvenientes que ele apresenta, depois de lhes ter exposto as suas imensas vantagens.

Como as janelas, em geral, não foram primitivamente inventadas para o novo destino que lhes dei, os arquitetos que as constroem não se lembram de lhes dar a forma cômoda e arredondada de uma sela inglesa. O leitor inteligente compreenderá, sem mais explicação, a causa dolorosa que me obrigou a fazer uma parada. Desci com bastante custo e dei algumas voltas a pé na extensão do quarto para me desentorpecer, refletindo sobre a mistura de penas e de prazeres, que a vida é salpicada, assim como sobre a espécie de fatalidade que torna os homens escravos das mais insignificantes circunstâncias. Findo o que, tornei a montar a cavalo munido de uma almofada de penas: o que não me teria atrevido a fazer alguns dias antes, com medo de ser apupado pela cavalaria; mas, tendo encontrado na véspera, às portas de Turim, uma partida de cossacos que chegavam em cima de tais almofadas das margens do Palus-Meotides e do mar Cáspio, entendi que, sem infringir as leis da equitação, que muito respeito, podia adotar o mesmo uso.

Livre da sensação desagradável que deixei adivinhar, pude ocupar-me sem inquietação do meu plano de viagem.

Uma das dificuldades que mais me amofinavam, porque me atacava a consciência, era saber se eu fazia bem ou mal em abandonar a minha pátria, metade da qual me havia ela própria abandonado.[9] Um passo dessa ordem parecia importante demais para ser avaliado ligeiramente. Pondo-me a reflexionar sobre esta palavra pátria, percebi que não fazia dela uma ideia bem clara. "A minha pátria? Em que consiste a pátria? Será uma reunião de casas, de campos, de rios? Não quero crê-lo. É talvez a minha família, os meus amigos que constituem a minha pátria? Mas esses já a deixaram. Ah!, já sei, é o governo? Mas

---

9. O autor servia no Piemonte quando a Saboia, onde tinha nascido, foi incorporada à França.

esse está mudado. Meu Deus!, onde pois está a minha pátria?" Passei a mão pela testa num estado de inquietação inexprimível. O amor da pátria é de tal modo enérgico! As saudades que eu próprio sentia só com o pensamento de abandonar a minha provaram-me de tal modo essa realidade que preferia ficar a cavalo o resto da minha vida a ter de me apear antes de deixar completamente resolvida essa dificuldade.

Vi em breve que o amor da pátria depende de muitos elementos reunidos, isto é, do longo hábito que o homem adquire desde a infância, dos indivíduos, da localidade e do governo. Não se tratava, pois, senão de examinar em que estas três bases contribuem, cada uma de sua parte, para constituírem a pátria.

A ligação com os nossos compatriotas, em geral, depende do governo, e não é outra coisa senão o sentimento da força e da felicidade que ele nos dá em comum, porque a verdadeira ligação se limita à família e a um pequeno número de indivíduos por quem somos rodeados imediatamente. Tudo o que quebra o hábito ou a felicidade de se encontrarem torna os homens inimigos: uma cadeia de montanhas forma, de um lado e de outro, ultramontanos que não se estimam; os habitantes da margem direita de um rio julgam-se muito superiores aos da margem esquerda, e estes, de sua parte, zombam dos seus vizinhos. Esta disposição nota-se até nas grandes cidades divididas por um rio, apesar das pontes que ligam as duas margens. A diferença de língua afasta muito mais ainda os homens do mesmo governo: enfim, a própria família, na qual reside a nossa verdadeira afeição, está muitas vezes dispersa pela pátria; muda continuamente na forma e no número; além disso, pode ser transportada. Não é, pois, nem nos nossos compatriotas nem na nossa família que reside absolutamente o amor da pátria.

A localidade contribui pelo menos tanto quanto os indivíduos para a afeição que temos pelo nosso país natal. Apresenta-se a esse respeito uma questão muito interessante: nota-se, em todos os tempos, que os montanheses são, de todos os povos, aqueles que mais afeiçoados são à sua terra, e que os povos nômades habitam em geral as grandes planícies. Qual pode ser a causa desta diferença na afeição desses povos pela localidade? Se não me engano, é esta: nas montanhas, a pátria tem uma fisionomia; nas planícies, não tem nenhuma. É uma mulher sem cara, que não poderia amar apesar de todas as boas qualidades que tivesse. Com efeito, o que resta da sua pátria local ao habitante de uma aldeia de madeira, quando depois da passagem do inimigo a aldeia é incendiada e as árvores, cortadas? O infeliz procura em vão na linha uniforme do horizonte algum objeto conhecido que lhe possa dar lembrança: nenhum existe. Cada ponto do espaço apresenta-lhe o mesmo aspecto e o mesmo interesse. Este homem é nômade por esse fato, a não ser que o hábito do governo o retenha; mas a sua habitação será aqui ou acolá, não importa onde; a sua pátria é em toda parte onde o governo tem a sua ação; terá apenas meia pátria. O montanhês prende-se aos objetos que tem sob os olhos desde a infância, e que têm formas visíveis e indestrutíveis; de todos os pontos do vale, vê e reconhece o seu campo na vertente do monte. O ruído da torrente que referve entre as rochas nunca é interrompido; o atalho que conduz à vila desvia-se ao pé de um rochedo imutável de granito. Ele vê em sonhos o contorno das montanhas que traz pintado no seu coração, como, depois de ter olhado por muito tempo para os vidros luminosos de uma janela, continua-se a vê-los com os olhos fechados. O quadro que tem gravado na memória faz parte dele mesmo e não se apaga nunca. Enfim, até as próprias recordações se fixam à localidade; mas é preciso que ela tenha objetos cuja origem seja ignorada e dos quais não se possa prever o fim. Os edifícios antigos, as pontes velhas, tudo o que tem o caráter de grandeza e de longa duração substitui em parte as montanhas na afeição das localidades! Todavia, os monumentos da natureza têm mais poder sobre o coração. Para dar a Roma um sobrenome digno dela, os orgulhosos romanos chamaram-na *a cidade das sete colinas*. O hábito adquirido nunca mais se pode destruir. O montanhês, na idade madura, não se afeiçoa já pelas localidades de uma grande cidade, o habitante das cidades não poderia nunca tornar-se um montanhês. Daí provém talvez que um dos maiores escritores dos nossos dias, que pintou com gênio os desertos da América, achou os Alpes mesquinhos e o Monte Branco consideravelmente pequeno.

A parte do governo é evidente: é ele a primeira base da pátria. É ele que produz a afeição recíproca dos homens, e que torna mais enérgica a que eles têm naturalmente pela localidade; ele só, pelas recordações de felicidade ou de glória, pode arraigá-los ao solo que os viu nascer.

O governo é bom? A pátria está pujante; torna-se vicioso? A pátria adoece; muda? Ela morre. É então uma pátria nova, e cada qual é senhor de adotá-la ou de escolher outra.

Quando toda a população de Atenas deixou esta cidade apoiada na fé de Temístocles, os atenienses abandonaram a sua pátria ou levaram-na consigo nos seus navios?

Quando Coriolano...

Meu Deus!, em que discussão me envolvi! Ia-me esquecendo que estou a cavalo na minha janela.

XXXIII

Eu tinha uma velha parenta de muito espírito, cuja conversa era a mais interessante que se pode conceber; mas a sua memória, ao mesmo tempo inconstante e fértil, fazia-a passar muitas vezes de episódio em episódio e de digressão em digressão, a ponto de se ver obrigada a implorar o socorro dos seus ouvintes. "Mas, que é que eu lhes queria contar?", dizia ela, e muitas vezes também os seus ouvintes se tinham esquecido, o que lançava toda a sociedade num embaraço inexprimível. Ora, pode-se notar que o mesmo acidente me sucede com frequência nas minhas narrações, e devo concordar com efeito que o plano e a ordem da minha viagem são exatamente copiados da ordem e do plano das conversas da minha tia; mas não peço ajuda a ninguém, porque já percebi que o meu assunto volta por seu próprio pé, e exatamente no instante em que menos o espero.

XXXIV

As pessoas que não aprovam a minha dissertação sobre a pátria devem estar prevenidas de que havia algum tempo que o sono se apoderara de mim, apesar de todos os esforços que eu fazia para combatê-lo. Entretanto, não estou bem certo agora se nesse momento adormeci deveras, e se as coisas extraordinárias que vou contar foram efeito de um sonho ou de uma visão sobrenatural.

Vi descer do céu uma nuvem brilhante que se aproximava de mim pouco a pouco e que cobria, como se fosse um véu transparente, uma jovem de vinte e dois para vinte e três anos. Em vão procuraria expressões para descrever o sentimento que o seu aspecto me fez experimentar. A sua fisionomia, radiante de bondade e de benevolência, tinha o encanto das ilusões da mocidade, e era doce como os sonhos do futuro; o seu olhar, o seu pacífico sorriso, todas as suas feições enfim, realizavam aos meus olhos o ser ideal que o meu coração procurava havia tanto tempo e que eu já tinha perdido a esperança de um dia encontrar.

Enquanto a contemplava num êxtase delicioso, vi brilhar a estrela polar entre os anéis da sua cabeleira negra agitada pelo vento norte, e no mesmo instante palavras consoladoras se fizeram ouvir. Que digo eu? Palavras! Era a expressão misteriosa do pensamento celeste que desvelava o futuro à minha inteligência, enquanto os meus sentidos estavam detidos pelo sono; era uma comunicação profética do astro favorável que eu acabava de invocar, e da qual vou tentar exprimir o sentido numa língua humana.

"A tua confiança em mim não será iludida", dizia uma voz cujo timbre fazia lembrar o som das harpas eólias. "Olha, vê os campos que te reservei; eis o bem a que aspiram em vão os homens que pensam ser a felicidade um cálculo, e que pedem à Terra o que não se pode obter senão do céu." A estas palavras, o meteoro recolheu-se à profundidade dos céus, a divindade aérea perdeu-se nas brumas do horizonte; mas, ao afastar-se, lançou sobre mim uns olhares que encheram o meu coração de confiança e de fé.

Imediatamente, ardendo em desejo de segui-la, piquei de ambos os lados com toda a minha força e, como me tinha esquecido de pôr esporas, bati com o calcanhar direito contra o ângulo de uma telha com tanta violência que a dor me acordou em sobressalto.

XXXV

Este acidente foi de uma vantagem real para a parte geológica da minha viagem, porque me deu ocasião de conhecer exatamente a altura do meu quarto acima das camadas de aluvião que formam o solo sobre o qual está edificada a cidade de Turim.

O meu coração palpitava com força, e eu acabava de lhe contar três pancadas e meia desde o instante em que tinha espicaçado o meu cavalo, quando ouvi o barulho de minha chinela que tinha caído à rua, o que, fazendo o cálculo do tempo que gastam os corpos graves na sua queda acelerada, e daquele que tinham empregado as ondulações sonoras do ar para chegarem desde a rua até o meu ouvido, fixa a altura da minha janela em noventa e quatro pés, três linhas e nove décimos de linha desde o nível do pavimento de Turim, supondo que o meu coração agitado pelo sonho batia cento e vinte vezes por minuto, o que não pode estar muito afastado da verdade. Não foi senão com relação à ciência que depois de ter falado da chinela interessante da minha formosa vizinha me atrevi a fazer menção da minha: também previno que este capítulo não foi absolutamente escrito senão para os sábios.

XXXVI

A brilhante visão que eu tivera fez-me sentir mais vivamente, quando acordei, todo o horror do isolamento em que me encontrava. Passeei os olhares em torno de mim e vi apenas telhados e chaminés. Ai de mim! Suspenso no quinto andar, entre o céu e a Terra, rodeado por um oceano de pesares, de desejos e de inquietações, não me prendia mais à existência senão por um certo clarão de esperança: apoio fantástico do qual vezes sem conta eu experimentei a fragilidade. Em breve, entrou a dúvida no meu coração ainda todo mortificado pelas desilusões da vida, e acreditei firmemente que a estrela polar tinha zombado de mim. Injusta e culpada desconfiança, de que o astro me puniu com dez anos de espera! Oh!, se eu tivesse podido então prever que todas aquelas promessas seriam cumpridas e que eu encontraria um dia na Terra o ente adorado de quem apenas me tinha sido dado entrever a imagem no céu! Querida Sofia, se eu tivesse podido saber que a minha felicidade excederia todas as esperanças!... Mas não antecipemos os acontecimentos: volto ao meu assunto, não querendo inverter a ordem metódica e severa a que me sujeitei na redação da minha viagem.

XXXVII

O relógio da torre de São Filipe deu lentamente meia-noite. Contei uma após outra cada martelada do sino, e a última arrancou-me um suspiro. "Aí está", disse eu para mim, "um dia que acaba de se desprender da minha vida; e, conquanto as vibrações decrescentes do som do bronze palpitem ainda no meu ouvido, a parte da minha viagem que precedeu a meia-noite está já tão longe de mim como a viagem de Ulisses ou a de Jasão. Nesse abismo do passado, os instantes e os séculos têm a mesma extensão; e o futuro, terá mais realidade?" São dois nadas entre os quais me encontro em equilíbrio como sobre o corte de uma lâmina. Na verdade, o tempo parece-me qualquer coisa tão inconcebível, que tenho quase tentações de acreditar que ele não existe realmente, e que o que assim se chama não passa de uma punição do pensamento.

Estava muito satisfeito por ter acabado esta definição do tempo, tão tenebrosa como o próprio tempo, quando um outro relógio deu meia-noite, o que me causou um sentimento desagradável. Conservo, sempre, uma reserva de mau humor quando me tenho inutilmente ocupado de um problema insolúvel, e achei muito deslocada essa segunda advertência do sino a um filósofo como eu. Mas experimentei decididamente um verdadeiro rancor alguns segundos depois, quando ouvi de longe um terceiro sino, o do convento dos Capuchinhos, situado da outra banda do Pó, dar também meia-noite, como se fosse por malícia.

Quando a minha tia chamava uma antiga criada de quarto, um pouco rabugenta e que ela contudo estimava muito, nunca se contentava, na sua impaciência, em tocar uma vez, mas puxava sem descanso o cordão da campainha até a criada aparecer. "Então, veja lá se aparece, senhorita Blanchet!" E esta, zangada por ver tanta pressa, vinha muito devagarinho e respondia com muito azedume antes de entrar na sala: "Já vai, senhora, já vai." Tal foi também o sentimento de mau humor que eu tive quando ouvi o sino indiscreto dos Capuchinhos bater meia-noite pela terceira vez. "Eu sei", gritei eu, estendendo as mãos para o lado do relógio; "sim, eu sei, eu sei que é meia-noite: sei até demais."

Foi, sem dúvida alguma, por um conselho insidioso do espírito maligno que os homens encarregaram esta hora de dividir os seus dias. Encerrados nas suas habitações, dormem ou divertem-se enquanto ela corta um fio da sua existência; no dia seguinte levantam-se alegremente, sem suspeitarem, nem por sombras, que têm um dia a menos. Em vão a voz profética do bronze anuncia-lhes a aproximação da eternidade, em vão repete-lhes tristemente cada hora que acaba de escoar; nada ouvem, ou se ouvem não compreendem. Ó meia-noite!... hora terrível!... Eu não sou supersticioso, mas essa hora inspirou-me sempre uma espécie de temor, e tenho pressentimento de que, se alguma vez chegasse a morrer, havia de ser à meia-noite. Pois eu hei de morrer um dia? O quê, hei de morrer? Eu que falo, eu que me sinto, e que me apalpo, eu poderia morrer? Custa-me alguma coisa acreditá-lo porque, enfim, que os outros morrem, não há nada mais natural: é uma coisa que se está vendo todos os dias, a gente os vê passar, habitua-se a isso; mas morremos nós também! Morremos em pessoa! É um pouco forte. E vós, meus senhores, que estais tomando estas reflexões como disparates, ficai sabendo que é esse o modo de pensar de toda gente, e o vosso também. Ninguém cuida que deve morrer. Se existisse uma raça de homens imortais, haviam de assustar-se mais com a ideia da morte do que nós.

Há nisso alguma coisa que eu não sei explicar bem. Como é que os homens, sem cessar agitados pela esperança e pelas quimeras do futuro, se inquietam tão pouco com o que este futuro lhes oferece de certo e de inevitável? Não será talvez a própria natureza beneficente que nos terá dado esse feliz descuido, a fim de podermos cumprir em paz o nosso destino? Creio efetivamente que se pode ser homem muito honrado sem acrescentar aos males reais da vida a inclinação de espírito que nos leva a reflexões lúgubres, e sem perturbar a imaginação com negros fantasmas. Finalmente, creio que há de se permitir o riso, ou pelo menos o sorriso, todas as vezes que se apresente para isso uma ocasião inocente.

Assim acabou a meditação que o relógio de São Filipe me tinha inspirado. Teria prosseguido nela se não me tivesse sobrevindo algum escrúpulo sobre a severidade da moral que eu acabava de estabelecer. Mas, não querendo aprofundar esta dúvida, assobiei a ária das *Loucuras de Espanha*, a qual tem a propriedade de mudar o curso das minhas ideias quando elas vão por mau caminho. O efeito foi tão rápido que terminei imediatamente o meu passeio a cavalo.

XXXVIII

Antes de entrar no meu quarto, lancei um olhar sobre a cidade e os campos sombrios de Turim, que eu ia talvez deixar para sempre, e dirigi-lhe os meus últimos adeuses. Nunca a noite me tinha parecido tão bela: nunca o espetáculo que tinha sob os olhos me havia interessado tão vivamente. Depois de ter saudado o monte e o templo de Superga, despedi-me das torres, dos campanários, de todos os objetos conhecidos, que nunca tinham imaginado pudessem me causar saudades tão intensas, e do ar e do céu, e do rio, cujo surdo murmúrio parecia responder aos meus adeuses. Ah!, se eu soubesse pintar o sentimento terno e ao mesmo tempo cruel que enchia o meu coração e todas as recordações da mais bela metade da minha vida decorrida, que se juntavam em torno de mim como duendes para me reterem em Turim! Mas, ai de nós! As lembranças de felicidade passada são as rugas da alma! Quando se é infeliz, é necessário expulsá-las do pensamento como fantasmas sarcásticos que vêm insultar a nossa situação presente: vale mil vezes mais, então, abandonarmo-nos às ilusões enganosas da esperança, e sobretudo fazer boa cara à má fortuna e evitar introduzir alguém na confidência das próprias desgraças. Observei, nas viagens ordinárias que tenho feito entre os homens, que à força de ser infeliz a gente acaba por se tornar ridículo. Nestes momentos horríveis, nada é mais conveniente do que o novo modo de viajar cuja descrição se acaba de ler. Fiz, então, uma experiência decisiva: não somente consegui esquecer o passado, mas até tomar valorosamente o meu partido sobre as penas presentes. "O tempo as levará", disse eu para me consolar; ele leva tudo, e nada esquece quando passa; e, ou queiramos detê-lo ou o afastemos, como se diz, com o ombro, os nossos esforços são igualmente vãos e nada mudam ao seu curso invariável. Apesar de em geral me inquietar muito pouco com a sua rapidez, há tais circunstâncias, tais filiações de ideias que me fazem recordar de um modo vivaz. Quando os homens se calam, quando o demônio do ruído está mudo no meio do seu templo, no meio de uma cidade adormecida, é então que o tempo levanta a sua voz e se faz ouvir à minha alma. O silêncio e a escuridão tornam-se seus intérpretes, e desvendam-me a sua marcha misteriosa; não é já um ser da razão que o meu pensamento não pode abranger, os meus próprios sentidos o percebem. Vejo-o no céu impelindo diante de si as estrelas para o Ocidente. Ei-lo conduzindo os rios para o mar e rolando com os nevoeiros ao longo da colina... Escuto: os ventos gemem sob o esforço das suas asas rápidas, e o sino distante estremece à sua passagem terrível.

"Aproveitemos, aproveitemos o seu curso", exclamei eu. "Quero empregar utilmente os instantes que ele me vai roubar." Querendo tirar partido desta boa resolução, no mesmo momento me inclinei para diante para me arremessar corajosamente na carreira, fazendo com a língua um certo estalido que sempre foi destinado a tocar os cavalos, mas que é impossível de escrever segundo as regras da ortografia:
gh! gh! gh!
e terminei a minha excursão a cavalo com uma galopada.

XXXIX

Ia levantar o pé direito para descer quando senti uma forte pancada no ombro. Dizer que não me assustei com esse acidente seria faltar com a verdade, e é esta a ocasião de fazer observar ao leitor e de lhe provar, sem excessiva vaidade, quão difícil seria a qualquer outro que não fosse eu executar semelhante viagem. Supondo ao novo viajante mil vezes mais recursos e talentos para a observação do que os que eu posso ter, poderia ele lisonjear-se de encontrar aventuras tão singulares, tão numerosas como as que me sucederam no espaço de quatro horas, e que se ligam evidentemente com o meu destino? Se alguém duvida disso, procure adivinhar quem foi que me bateu.

No primeiro momento da minha perturbação, não refletindo na situação em que me encontrava, julguei que o meu cavalo tinha tropeçado ou que me tinha levado de encontro a uma árvore. Deus sabe quantas ideias funestas me ocorreram durante o curto espaço de tempo que levei a voltar a cabeça para olhar o interior do meu quarto. Vi então, como acontece muitas vezes nas coisas que parecem mais extraordinárias, que a causa da minha surpresa era inteiramente natural. A mesma lufada de vento que, no princípio da minha viagem, tinha aberto a janela e fechado a porta de passagem, e de que uma parte se havia introduzido entre os meus cortinados, tornara, então, a entrar no quarto com fragor. Abriu a porta bruscamente e saiu pela janela impelindo a vidraça contra o meu ombro, o que me causou a surpresa que acabo de referir.

Lembrar-se-ão que foi pelo convite que essa lufada de vento me veio fazer que deixei a minha cama. A pancada que nesse momento acabava de levar era com toda a evidência um novo convite para meter-me nela, convite ao qual entendi ter obrigação de ceder.

É belo, sem dúvida, estar assim numa relação familiar com a noite, com o céu e com os meteoros, e saber tirar partido da influência deles. Ah!, as relações que se é forçado a ter com os homens são muito mais perigosas! Quantas vezes não tenho sido vítima de minha confiança nesses senhores! Aqui mesmo, dizia eu alguma coisa a esse respeito numa nota que suprimi, pois me sucedeu ficar mais comprida do que todo o texto, o que teria alterado as justas proporções da minha viagem, da qual o volume pequeno vem a ser o maior mérito.

Fim da expedição noturna.

POSFÁCIO

O ROMANCE DA CONTRAVIAGEM

*Valentim Facioli**

I. De imitador a modelo

Xavier de Maistre teve mais de duas dezenas de edições de sua pequena obra completa (cerca de 500 páginas) publicadas neste século, na França, a indicar a estima permanente dos leitores.

Diferentemente, as histórias literárias francesas vêm confinando Xavier de Maistre a um cantinho obscuro, quando não o ignoram completamente, como se se tratasse de algum estrangeiro, autor de reles folhetins. Graças a uma análise do célebre crítico Sainte-Beuve, ainda de 1825, que associa o humor e a comicidade de Xavier de Maistre aos de Lawrence Sterne, ficou mais ou menos voz corrente que aquele é um simples imitador deste. No entanto, os termos dessa suposta imitação nunca ficaram esclarecidos nem comprovados, tornando-se "verdade de fé" que vem servindo para desqualificar injustamente um dos primeiros escritores da língua francesa a prenunciar, ainda no século XVIII, o romantismo, que revolucionaria em seguida as artes no Ocidente.

---

* Professor aposentado de literatura brasileira da Universidade de São Paulo, orientador de pós-graduação e editor da Nankin Editorial.

Com a publicação do *Tristram Shandy* e da *Viagem sentimental através de França e Itália*, obras logo traduzidas para várias línguas, Sterne exerce uma influência verdadeiramente avassaladora, em toda a Europa, a partir da década de 1770. A renovação extraordinária da prosa narrativa de língua inglesa vinha, entretanto, de muito antes — bastante lembrar: Defoe (1660-1731), Swift (1667-1745), Richardson (1689-1761), Fielding (1707-1754), entre outros —, e sua influência tornava-se crescente nos países continentais. São esses autores, mais Sterne, que promovem o que se chamou de "triunfo do realismo como técnica literária consciente", dotado de grande maleabilidade de linguagem e aplicado à descrição de cenas da vida cotidiana e à análise de sentimentos de personagens da classe burguesa.

Ora, a França debatia-se em todo o século XVIII, e mesmo depois, com sua pesada herança literária clássica, o que muito obstaculizou o movimento renovador florescente na Inglaterra de se generalizar em suas fronteiras. E a França, apesar da imensa importância dos seus prosadores, não se pôde igualar naquele período com a renovação inglesa, seja dos gêneros literários, seja da ficção em si mesma.

Nesse caso, pode-se sem exagero considerar que a imitação dos ingleses pelos escritores de quaisquer países europeus — incluindo os alemães, apesar da força extraordinária do seu movimento pré--romântico — constituía uma "inclinação saudável", que favorecia o movimento renovador da literatura europeia. Na França, com mais razão, embora sejam poucos os que o fizeram.

Convém destacar também que o conceito de "imitação" era básico e imprescindível na tradição do classicismo. Isto em si não qualifica os escritores menores ou mesmo ruins que imitaram os verdadeiramente grandes. Mas é importante lembrar que, sendo um conceito central, aceito por todos, ele nada tinha a ver com a carga pejorativa que passou a cercá-lo após o advento do romantismo. Só não se pode torná-lo uma categoria artística anacrônica aplicada ao século XVIII como se fosse o atual.

Nesse sentido parece-me que a "influência", a repercussão, não só de Sterne, mas do romance inglês do XVIII sobre Xavier de Maistre é antes meritória que desqualificadora, o que também, no fim das contas, não pode supor, evidentemente, Xavier de Maistre no mesmo nível de Balzac, Stendhal ou Flaubert...

O autor da *Viagem à roda do meu quarto* tem sido também obscurecido pela sombra de seu irmão Joseph de Maistre, o crítico acerbo da Revolução Francesa, político conservador de projeção e escritor de obras de polêmica e combate.

No Brasil, Xavier de Maistre, em 1880, mereceu as honras de ser reconhecido como um dos "modelos" das *Memórias póstumas de Brás Cubas*, segundo confessa o "defunto autor", embora com o acréscimo fundamental de "algumas rabugens de pessimismo", que Machado de Assis assinala ser "um sentimento amargo e áspero, que está longe de vir dos seus modelos".

II. Um alto! biográfico

Um ramo da família de De Maistre migrou do Languedoc (francês) para a Savoia (ou Saboia) ainda no século XVII. O pai de Xavier, conde François Xavier, teve dez filhos, dos quais Joseph era o primogênito, foi presidente do senado da Savoia e conservador dos privilégios dos príncipes. Xavier nasceu dez anos depois de seu irmão primogênito, em outubro de 1763, na capital, Chambéry.

Teve educação fidalga e com cerca de 18 anos já estava engajado como voluntário de um regimento da Marinha sarda. Aos 20 anos realizou, com um amigo, um voo num balão, com o que alcançou alguma notoriedade graças à repercussão que teve o episódio. Escreveu e publicou anonimamente diversos "ensaios" sobre diferentes assuntos supostamente científicos, coisas, por assim dizer, inócuas, quando não francamente de pseudociência. Inclui-se aí um prospecto em que faz o elogio dos voos aerostáticos, o qual termina ardorosamente, assim: "Os balões! sempre os balões! É a descoberta do século!"

Em 1792 a Savoia foi incorporada à França através de uma invasão militar, mas Xavier de Maistre, como sua família e grande parte da nobreza que dirigia a região, recusou a nova cidadania e alistou-se como voluntário da tropa auxiliar do Piemonte junto ao Exército russo, tendo participado, mais tarde, em 1799, da chamada campanha da Itália, ao lado dos austríacos, contra os franceses.

Seguiu depois para a Rússia, onde acompanhou as vitórias e as glórias militares, e também, posteriormente, a desgraça do célebre general Suvarov junto ao tsar. Xavier de Maistre, "o capitão Xavier", viveu tempos difíceis, de penúria, em São Petersburgo, até a chegada ali de seu irmão Joseph como ministro plenipotenciário do reino da Sardenha. Foi então nomeado, em 1806, diretor do museu real e da biblioteca de São Petersburgo, donde se passou, no posto de coronel, para o estado-maior do Exército russo. Participou heroicamente das campanhas militares russas no Cáucaso e na Pérsia, atingindo rapidamente o generalato.

Só em 1825 retornou à Savoia, fixando residência, mais tarde, em Nápoles. Numa viagem a Paris surpreendeu-se com o grande sucesso literário de que gozava com a *Viagem à roda do meu quarto* e com o recém-publicado *Expedição noturna à roda do meu quarto*, quando conviveu com os maiores escritores franceses do seu tempo e concedeu entrevista a Sainte-Beuve, que lhe dedicou um longo ensaio. Confessou então que já não se sentia mais "apenas um estrangeiro" na literatura francesa (e na França), afirmação reforçada mais tarde com o sucesso obtido pela publicação de *O leproso da cidade de Aosta*, *Os prisioneiros do Cáucaso* e *A jovem siberiana*. Enfim, o sucesso de público e crítica alcançado por toda a sua obra literária, constituída dessas cinco curtas narrativas e mais alguns poemas de menor importância.

Casado com uma dama de honra da tsarina russa, Sophie Zagrieltzky, Xavier, que já perdera quatro filhos, inclusive uma mocinha com 15 anos, viu morrer durante sua residência em Nápoles seu último filho, com 18 anos. Retornou então, em 1839, para a Rússia, onde faleceu pouco antes de completar 90 anos, a 12 de junho de 1852. Conta-se que, nessa avançada idade, passou os últimos anos encerrado num pequeno apartamento de São Petersburgo, solitário, a passear trôpego e triste por entre os móveis, de um cômodo a outro. Teria sido, enfim, a sua mais longa e melancólica "viagem à roda do quarto".

III. Uma viagem e uma expedição

As duas narrativas que a Estação Liberdade agora repõe ao alcance do leitor brasileiro têm entre si uma distância de cerca de trinta anos, uma vez que a *Expedição* "retoma" a *Viagem*, nas publicações originais, decorrido esse longo tempo. Não obstante a crítica considerar a continuação inferior à primeira narrativa, principalmente porque já não constituía mais nenhuma novidade uma "expedição noturna" ao mesmo quarto à roda do qual já se viajara antes. No entanto, nessa continuação há pelo menos um aspecto a realçar: a *Viagem* e a *Expedição* são publicadas no longo período da transição francesa do classicismo para o romantismo, e ambas são claras anunciadoras da presença de uma sensibilidade humana e artística e de um tom individualista e egótico que, só depois de 1830, serão a chave da revolução romântica em França. A isso poderíamos acrescentar a grande liberdade inventiva de gênero e formas, conjuntamente com um forte descompromisso da linguagem literária em relação à tradição clássica francesa.

Assim, Xavier de Maistre se insere fortemente nesse período de transição, e permanece sem retrocesso na última vaga pré-romântica francesa, das várias que ali ocorreram, em fluxo e refluxo, desde pelo menos 1770.

A *Viagem à roda do meu quarto* consta ter sido escrita durante os 42 dias da prisão sofrida pelo autor por causa de um duelo à espada, não se sabe bem por quais motivos, nem contra quem. Libertado, por influência de amigos, Xavier entrega o manuscrito a seu irmão Joseph que, após pequenas modificações, o faz publicar, numa edição *in-8*, em Turim, datada de 1794. O autor conta que ficou muito surpreso, mas também muito feliz com a publicação — que lhe trouxe sucesso quase imediato — e logo começou a escrever a *Expedição noturna*, apesar do conselho do irmão que lhe cita um provérbio espanhol segundo o qual os "segundos trabalhos" nunca estão à altura dos primeiros...

Mais do que ser apenas uma espécie de sobrinho literário de Lawrence Sterne, Xavier de Maistre filia-se a uma tradição que vinha de bastante longe, das matrizes que estão principalmente no *Dom Quixote*, de Cervantes, no *Gargântua* e *Pantagruel*, de Rabelais, nos *Ensaios*, de Montaigne, e no *Jacques, o fatalista*, de Denis Diderot. Essas matrizes podem, de modo geral, ser vistas sob o ângulo da ruptura com a tradição clássica. Elas operam primeiramente e, sobretudo, o estatuto de uma grande liberdade inventiva de gênero e formas literárias que lhes garante o pioneirismo e a permanência de "certo espírito moderno". São prenunciadoras de conquistas técnicas e estilísticas que só seriam incorporadas e consolidadas pelo romance séculos depois. Ao mesmo tempo, essas formas livres anunciam, por assim dizer, a face eclética e compósita que o romance passaria a ter a partir de meados dos setecentos, passando a expressar o "desencantamento" do quotidiano burguês em formação.

Mas essas matrizes, ademais, rompem com a tradição clássica quando o cômico e o dramático (ou trágico...) comparecem como faces ou dimensões simultâneas, que se sucedem bruscamente na vida de pseudo-heróis, ou anti-heróis. O humor, a comicidade, a caricatura, o exagero aberrante dos traços, dos sentimentos, das ações, vão se compondo numa espécie de dupla história, paralela, na mesma narrativa: a das personagens e a do próprio narrador.

Assim, o narrador passa a personagem cada vez mais presente nessa linhagem literária, e a tornar-se mais e mais intrometido e caprichoso. Com Sterne, esse desenvolvimento como que atinge o ápice, especialmente no *Tristram Shandy*, mas já vinha em grande proeminência e constituía a face saliente da renovação da prosa inglesa desde o início dos setecentos. Ao mesmo tempo, esse narrador se torna cada vez menos confiável.

As duas narrativas de Xavier de Maistre revigoram essas tendências e levam a sátira à literatura de viagens (reais ou imaginárias) para a proximidade da negação absoluta. Desde o título do livro o leitor já sabe que está sendo "seduzido" para compartilhar de uma farsa, pois ele é contraditório em seus próprios termos: como esperar as emoções e os encantos de uma "viagem" ou de uma "expedição noturna" que se realizam no próprio quarto do narrador? É um capricho que pressupõe a atrofia completa do espaço, a repercutir também como paródia da regra das três unidades da tradição clássica. E supõe, de pronto, a presença avassaladora de um EU narrador não apenas como objeto principal, mas único da narrativa. Curiosamente e consequentemente, esse narrador não tem amigos nem parentes, consolando-se apenas com um criado e uma cadelinha, na *Viagem*, pois na *Expedição* noturna nem isso, restando deles somente uma vaga memória.

IV. O efeito literário

Os resultados literários mais fortes das narrativas de Xavier de Maistre que o leitor tem diante de si podem ser avaliados (e valorizados) conforme categorias atualmente correntes. Primeiramente, parece-me que a concepção artística que informa esses textos transita da representação literária entendida como "espelho da vida" — vinda da tradição clássica — para aquela outra que a entende como "lâmpada", isto é, iluminadora e reveladora de dimensões obscuras, inesperadas, da realidade social e do ego. A convivência entre a representação realista e a metafórica.

O romancista está liberado de modelos já consagrados e da exigência da linguagem de "registro alto", podendo inventar e mesclar o "alto" e o "baixo". As digressões rompem com padrões de uma psicologia linear em favor de estabelecer associações de ideias inesperadas, onde os grandes temas e problemas são "rebaixados" para sua vivência no quotidiano, como decorrências de pequenos incidentes. O efeito torna-se, na maior parte das vezes, humorístico e cômico, sem afastar de todo um tom de gravidade e moralidade. O leitor passa a ser exigido a cada linha, a cada momento, não apenas para acompanhar ações de personagens, mas para julgar, avaliar e, especialmente, para distinguir aquilo que o narrador diz como verdade ou como farsa.

O narrador pouco confiável, digressivo e caprichoso é sobretudo arbitrário, uma vez que as associações de ideias com que ele livremente trabalha não são as mesmas que ocorreriam com os leitores. O efeito textual constantemente de dupla face, realista e metafórico, exige que o leitor a cada momento se obrigue a compreender um sentido ou outro da representação.

Estamos, assim, diante de uma "obra aberta", cujo problema central é uma convivência "conflituosa" entre narrador e leitor, pois o que está em causa é não simplesmente o sentido, mas o modo de doação do sentido.

A significação não é mais estática e definitiva. Instaura-se a ambiguidade permanente.

As narrativas de Xavier de Maistre são também devedoras do "espírito das luzes" francês. De fato, pode-se identificar o cômico de Molière (na crítica, por exemplo, às insuficiências da medicina), mas também um entranhado racionalismo, na crítica de diferenças sociais, na denúncia de contradições em que os homens se debatem sem resolver, na pretensão tola de dar respostas às questões "insolúveis" (a caricata teoria universal do narrador).

Há também uma forte presença racionalista na recusa à metafísica, ou em qualquer explicação simplesmente "teológica" dos problemas humanos. Pode-se entender por isso que essas duas narrativas encenam metaforicamente o embate que permeava o século XVIII: a dissolução dos velhos valores aristocráticos e absolutistas e o desabrochar da nova racionalidade burguesa, que necessitava da liberdade profana de iniciativa econômica e comercial, portanto, de pensamento...

Vale destacar a metafísica caricata da convivência da alma e da besta que o narrador nos expõe no Capítulo VI, como a "diferença" entre o "poder animal" e os "raios puros da inteligência". É o velho tema da duplicidade do homem de que os românticos farão mais tarde um "cavalo de batalha" (o médico e o monstro...). Parece mesmo uma antecipada encenação do fetiche da mercadoria capitalista, nos termos da contradição entre a ruína do mundo aristocrático (a inteligência) e a presença do "materialismo burguês" (a besta). Para o narrador são sempre vãs as tentativas de independência da inteligência em relação às exigências da besta. O efeito é cortante em humor, ironia e comicidade.

A estrutura geral da narrativa da *Viagem* parece obedecer a certos padrões de narrativa popular, onde o desenvolvimento dos capítulos culmina com uma espécie de capítulo-síntese, o último, em que o desfecho como que retoma de forma abreviada o conjunto anterior. Neste caso, com um encanto especial pela "natureza" do sonho, em que convivem personagens históricas de épocas completamente distintas, mas todos vinculados a uma bela tradição de busca do saber pelo instrumento básico da razão. Com a presença de uma nota dissonante, Aspásia, que a tradição fez concentrar em si inteligência, beleza e prazer.

Neste caso, Aspásia é uma metáfora-síntese, pois parece-me que não foi outra a busca do narrador: como encontrar aquelas três aspirações, que são, de fato, três carências fundamentais, num mundo degradado e contraditório, em que o narrador só dispõe de seu quarto, de seu criado e de sua cadelinha? Parece que o entendimento de Xavier de Maistre é de que o homem é pequeno demais para o conseguir (a besta) e bastante grande para o aspirar (a inteligência).

Resta ainda um tema interessante a que o leitor deve prestar atenção: a liberdade possível na prisão, alcançada mediante a imaginação e a inteligência, não é substituto possível para a liberdade que os homens devem gozar na convivência com os outros homens, na vida em sociedade.

Para nós, brasileiros, as narrativas de Xavier de Maistre apontam, como já referido, na direção de nosso maior romancista: Machado de Assis. Não são poucas as sugestões que Machado nele colheu, formais e temáticas, deslocando-as e retrabalhando-as nas nossas condições do século xix. A presença, a mais, do "sentimento amargo e áspero" referido por Machado foi sua marca, a demonstrar que nossa relação com a literatura europeia é umbilical, mas seu crescimento e diferenciação podem revelar o mais fundo da nossa condição, desde que isso venha das mãos dos grandes escritores. Nesse sentido, pode-se dizer que Machado soube como ninguém potencializar a técnica do narrador caprichoso, digressivo e arbitrário, para estilizar o comportamento de nossa camada dominante, amarrada no liberalismo e na escravidão ao mesmo tempo. E soube também adaptar a metáfora de Xavier de Maistre de como a liberdade na prisão é apenas uma caricatura humorística, para demonstrar que nossa condição social periférica era real, mas caricata, em relação à Europa.

CLÁSSICOS DA LITERATURA MUNDIAL NA ESTAÇÃO LIBERDADE

HONORÉ DE BALZAC
  Ilusões perdidas
  A mulher de trinta anos
  O pai Goriot
  Eugénie Grandet
  Tratados da vida moderna

A. VON CHAMISSO
  A história maravilhosa de Peter Schlemihl

GUSTAVE FLAUBERT
  Bouvard e Pécuchet

J. W. GOETHE
  Os sofrimentos do jovem Werther
  Divã ocidento-oriental

VICTOR HUGO
  Notre-Dame de Paris
  O último dia de um condenado
  O Homem que ri

XAVIER DE MAISTRE
  Viagem à roda do meu quarto

STENDHAL (HENRI BEYLE)
  Armance

ÉMILE ZOLA
- Thérèse Raquin
- O Paraíso das Damas
- Germinal

CHARLES DICKENS
- Um conto de duas cidades

GUY DE MAUPASSANT
- Bel-Ami

MIGUEL DE UNAMUNO
- Névoa

THEODOR FONTANE
- Effi Briest

E. T. A. HOFFMANN
- Reflexões do gato Murr
- O reflexo perdido e outros contos insensatos

PRÓXIMOS LANÇAMENTOS

VICTOR HUGO
- Noventa e três
- Claude Gueux e outros textos sobre a pena de morte

ESTE LIVRO, COMPOSTO EM GATINEAU CORPO 11 POR 16 E IMPRESSO SOBRE PAPEL OFF-SET 90 g/m² NAS OFICINAS DA MUNDIAL GRÁFICA, EM SÃO PAULO – SP, EM NOVEMBRO DE 2020